www.tredition.de

AF198185

Ben Castelle

Nachtfalter

Roman

www.tredition.de

Über dieses Buch:

Zwei Jahre nach dem Tod seiner Frau verlässt ein Mann sein Zuhause und unternimmt auf einer längeren ziellosen Wanderung den Versuch einer späten Selbstfindung. In acht langen Briefen und einem Stoß Karten, die er an seine Tochter schreibt, erinnert er sich an deren einstige Drogenkarriere, spricht erstmals über den Unfalltod seiner Frau und denkt vor allem zurück an eine in der Kindheit erlebte Bombennacht im Zweiten Weltkrieg, an deren katastrophalen Verlauf er eine Mitschuld trägt, die er sein ganzes Leben lang erfolgreich verdrängt hat.

Die späte Selbstfindung des Mannes wird dabei zunehmend identisch mit dem Versuch, eine andere Sprache zu sprechen, um so zu einem anderen Bewusstsein über sich selbst und über sein Leben zu gelangen. Nachtfalter werden dabei Anlass der unmittelbaren Lebenserinnerung und verweisen gleichzeitig auf die andere Seite der Sprache, auf ihre Metaphorizität und Intentionslosigkeit, in die zurück- oder heimzukehren mehr und mehr das eigentliche Ziel des Wanderers zu werden scheint.

Impressum

© 2018 Ben Castelle
Umschlag, Illustration: Ben Castelle unter Verwendung von zwei Zeichnungen aus: W. Furneaux, F.R.G.S.: Butterflies and Moths. London/New York, 1894. *(gemeinfrei)*

Verlag: tredition GmbH, Hamburg

ISBN

978-3-7469-0454-2 (Paperback)
978-3-7469-0455-9 (Hardcover)
978-3-7469-0456-6 (e-Book)

Bibliografische Information der Deutschen Nationalbibliothek:

Die Deutsche Nationalbibliothek verzeichnet diese Publikation in der Deutschen Nationalbibliografie; detaillierte bibliografische Daten sind im Internet über http://dnb.d–nb.de abrufbar.

Will you spell the words for me
Will you spell the words for me to hear
Nibelungen
Nibelungen
Nibelungen land

(NICO)

Verschollene Gedanken tauchen als Melodien wieder auf;
Versäumte Gedanken werden in Erinnerung gedacht

(ELAZAR BENYOËTZ)

Vorbemerkung der Herausgeberin

Fast zwanzig Jahre ist es her, dass mir mein Vater die hier vorliegenden Briefe geschickt hat. Es waren die letzten Mitteilungen von seiner Hand, die mich erreichten. Ich muss gestehen, dass mich diese Briefe damals nicht sehr erfreut, sondern weit mehr verärgert haben. Denn nicht alles, was mein Vater darin erinnert, ist mit meiner Erinnerung identisch. Ich hätte ihm daher gern so manches Mal widersprochen, nur nannte er mir keine Adresse, an die ich meinen Widerspruch hätte senden können. Heute, nach so vielen Jahren, bin ich nachsichtiger geworden. Ich will daher die Veröffentlichung dieser Briefe nicht für eine späte Richtigstellung oder gar Rechtfertigung nutzen. Ich habe die Briefe auch in keiner Weise manipuliert, was der Leser allein daran erkennen dürfte, dass mein Vater nicht immer gerade Schmeichelhaftes über mich zu berichten weiß. Wenn ich diese Briefe daher veröffentliche, so nur aus dem einen Grund, meinem Vater ein Andenken zu bewahren. Denn da es kein Grab gibt, das ich oder jemand anderes, der ihn gekannt hat, für ein stilles Erinnern aufsuchen kann, so mögen diese letzten Zeugnisse seines Lebens diesen Ort des Gedenkens ersetzen. Zugegeben, vielleicht ist es vermessen zu glauben, dass die Briefe neben meiner Person auch noch für andere Menschen von Bedeutung sein könnten. Freunde, die ich diesbezüglich um Rat gefragt habe, ermunterten mich jedoch fast einstimmig dazu, die Aufzeichnungen der Öffentlichkeit zugänglich zu machen. Nur wenige rieten mir ab, da sie glaubten, in diesen Briefen eine beginnende Altersverwirrtheit meines Vaters zu erkennen, die man nicht öffentlich ausstellen sollte, um den Schreiber nicht posthum vorzuführen. Ich sehe das freilich nicht so. Mein Vater war nicht verwirrt. Er war vielmehr auf der Suche nach etwas, das sich jenseits seiner Alltagswirklichkeit befand, und das er behutsam Schritt um Schritt, Wort um Wort, Satz um Satz freizulegen versuchte. Für ihn waren Sprache und Bewusstsein weitgehend identisch, und so versuchte er, sein Bewusstsein zu ändern, indem er sich um eine andere Form des Sprechens bemühte. Das gelang ihm nur bruchstückhaft, und ich muss gestehen, dass ich einige seiner Texte, in denen er sich langsam vom Briefschreiber zum Lyriker entwickelte, wieder habe streichen lassen, nachdem ich sie bereits in die Druckbögen aufgenommen hatte. Ich glaube, es wäre im Sinne meines Vaters gewesen, da er sie selbst an einer Stelle nur als ungenügende Versuche bezeichnete, als Ausdruck eines Wunsches, anders zu sprechen, jedoch nicht auch als Ausdruck eines Vermögens.

Der Leser wird fragen wollen, warum es kein Grab meines Vaters gibt. Ich will es erklären: Gut zwei Wochen, nachdem mein Vater mir seine letzten Aufzeichnungen geschickt hatte, fand man in einem Waldstück in der belgischen Provinz Luxemburg seinen Rucksack. Die Polizei ermittelte mich über ein Adressbuch, das in diesem Rucksack steckte. Ich machte mich sogleich auf den Weg zu einem kleinen Ort namens Mormont, wo ich ein Pensionszimmer nahm und wo mein Vater zum letzten Mal lebend gesehen worden war. Von dort durchwanderte ich tagelang das Waldgebiet zwischen Mormont, der Siedlung Môchamps und dem größeren Ort St. Hubert. Doch mein Vater blieb verschwunden. Sofort nachdem der Rucksack gefunden worden war, hatte die belgische Gendarmerie das Waldgebiet mit einer Wärmebildkamera überflogen und mit einer Hundestaffel durchsucht, jedoch erfolglos.

Am dritten Tag meines Aufenthalts in Mormont gesellte sich mitten im Wald ein verängstigtes schwarzes Hündchen zu mir. Da ich glaubte, dass es der Hund war, von dem mein Vater in seinen Briefen schrieb, nahm ich ihn mit mir. In Mormont konnte mir jedoch niemand von denen, die meinen Vater zuletzt gesehen hatten, bestätigen, dass er mit diesem oder überhaupt mit einem Hund unterwegs gewesen war. Allerdings wurde der Hund auch von niemandem in der Gegend vermisst, so dass ich ihn behalten durfte. Von meinem Vater fand sich in all den Jahren nie wieder eine Spur.

Der kleine Hund – wir nannten ihn Gilli – hat noch viele Jahre in meiner Familie gelebt, bevor er vor einigen Jahren sanft eingeschlafen ist und meine Kinder ihn im Garten begruben, direkt neben einer hölzernen Bank, auf der mein Vater nach dem Tod meiner Mutter gern an lauen Abenden in der Sonne saß und nachdachte.

Köln, im Januar 2018
Janine S.

1 Mondvogel

Nein, Janine, ich werde Dir meine Adresse nicht verraten. Wenn ich sie Dir auch vorhin am Telefon beinahe genannt hätte, so betrachte ich es doch jetzt als einen Wink des Schicksals, dass mir das Kleingeld ausging, bevor ich redselig werden konnte. Du wärest wohl sonst längst auf dem Weg hierher, um mich in Dein Auto zu komplimentieren und mich wieder nach Hause zu bringen. Ich habe nämlich Deinen Worten, in denen Du mehrfach von *großer Unvernunft*, *kindischem Gebaren* und *unreflektierter Entscheidung* sprachst, entnommen, dass Du nicht ansatzweise bereit bist, mich zu verstehen. Aber bevor Du nicht davon ablässt, mich wie ein stures Kind zu behandeln, dem man notfalls mit Gewalt zu seinem Glück verhelfen muss, wird es besser sein, wir werden uns eine Zeitlang nicht sehen. Zumindest solange nicht, bis Du erkennst, dass auch ich ein Recht darauf habe, mein Leben so zu leben, wie ich es für richtig halte.

Du sagtest, Du würdest Dir ernsthaft Sorgen um mich machen. Mein Verhalten entspräche nicht im geringsten meinem Charakter. Ich hätte mich zum Vollstrecker einer fixen Idee gemacht. Dein Bild von mir wäre mit meiner unüberlegten Handlungsweise nicht in Einklang zu bringen. Aber das ist es ja, Janine, Dein Bild! Du willst mich zurück in den Rahmen, zurück an den Platz, wohin ich Deiner Meinung nach gehöre. Und Du willst Dich nicht damit abfinden, dass ich meinen Rahmen zerbrochen habe, um mir einen anderen zu suchen oder fortan sogar auf jedes Begrenztsein zu verzichten.

Als ich vorhin von der Telefonzelle zurück auf mein Zimmer ging, musste ich lachen, weil es mir so vorkam, als ob wir unsere Rollen vertauscht hätten. Die Vorwürfe, die Du mir machtest, Deine ganze Art der Argumentation, diese pontifikalen Herablassungen von der Plattform der Vernunft aus, auf der Du Dich neuerdings eingerichtet zu haben vorgibst – das alles erinnerte mich daran, wie *ich* Dich früher zu maßregeln versuchte, als Du noch jung warst und mir Deine täglichen Provokationen auf die Nerven fielen, weil sie beständig all das in Frage stellten, was ich als das Selbstverständliche zu betrachten mir angewöhnt hatte.

Heute weiß ich, dass ich damals nichts weiter wollte als meine Ruhe. Geradezu zwangsläufig musste ich mich daher gegen jeden Deiner ruhestörenden Gedanken sperren und ihm von vornherein die Existenzberechtigung absprechen, war er doch – so mutmaßte ich – in einem Gehirn erzeugt worden, das noch nicht ausgereift genug war, um überhaupt einen Gedanken fassen zu dürfen. Es war mir damals eine recht bequeme Art, von Deiner körperlichen Unreife auf Deine geistige zu schließen, und solange ich dieses Vorgehen nicht hinterfragte, hatte ich in der Tat meine Ruhe.

Aber ich muss zugeben, dass ich heute, wo zwischen uns doch fast wieder alles ganz reibungslos funktioniert, dennoch manchmal mit etwas Wehmut auf unsere alten Streitigkeiten zurückblicke. Deine jugendliche Rebellion gegen mich und Deine daran anschließende kurze aber steile Drogenkarriere waren doch in Wahrheit nicht bloß Schiffbrüche auf einem ewig stürmenden Meer, sondern nach jeder Katastrophe erreichten wir stets auch wieder eine Insel, an deren Strand wir vorübergehend so etwas wie Rettung und Besinnung fanden.

Damals in Rom zum Beispiel, als Du Dein ganzes Geld und Deine Papiere verloren hattest, buchstäblich auf der Straße lagst und mich eines Abends anriefst, damit ich Dich holen käme. Zwölf Stunden später trafen wir uns an der Portugiesischen Treppe. Du konntest Dich kaum noch auf den Beinen halten. Ich wusste nicht und wollte auch nicht wissen, was Du angestellt hattest, um Dich in diesen erbärmlichen Zustand zu bringen. Ich brachte Dich in eine kleine Pension. Eine reichlich heruntergekommene Kaschemme. Das WC lag auf dem Flur. In unserem Zimmerchen hatten sich einige Tapetenbahnen gelöst, und über den Sockelleisten wuchsen braun-grüne Schimmelflecken. Von den Mücken und Fliegen will ich gar nicht reden. Das Zimmer roch, als ob zuvor jemand darin Sellerie gekocht hätte. Der winzige Balkon, der zum Marktplatz hin lag, war mit einer rostigen Kette abgesperrt – Einsturzgefahr. Du legtest Dich aufs Bett und schliefst sofort ein. Ganz friedlich lagst Du da, und wenn Du nicht mit offenem Mund geschnarcht hättest, wäre Dein Anblick fast schön zu nennen gewesen. Ich habe dann die Zimmertür abgeschlossen und bin hinaus auf die Straße gegangen. Ich war entsetzlich müde, genoss aber dennoch den warmen Sommerabend. Und das Merkwürdige war, dass ich mich glücklich fühlte. Am Tiefpunkt unserer Beziehung angekommen, verspürte ich, was ich später, als Dein Leben in geordnete Bahnen einbog, nie wieder auf so starke Weise empfunden habe, nämlich Liebe.

Vielleicht hing dies mit meinem schlechten Gewissen zusammen. Damit, dass ich mit Margret und unserem

Hausarzt Dr. Geerdes diesen unsinnigen *Therapieplan* ausgeheckt hatte. Wir hatten Dich angelogen, Dir von Dr. Geerdes Freunden erzählt, die in der Schweiz ein Pferdegestüt unterhielten und damit gerade in großen Schwierigkeiten steckten. Angeblich fanden sie nicht genügend Personal. Mehrere Mitarbeiter hätten zeitgleich gekündigt, um ein eigenes Gestüt zu eröffnen. Und so weiter und so fort. Unser ganzes Geschwätz zielte nur darauf ab, Dich für dieses Gestüt zu interessieren. Und es gelang.

Als Dir dann nach einigen Monaten, die Du dort gearbeitet hattest, jemand steckte, dass der Gestütbesitzer in Wahrheit von mir bezahlt wurde, damit Du in seinem Stall arbeiten durftest, warst Du Hals über Kopf abgereist. Zwei Wochen hörten wir nichts von Dir. Und auf der Fahrt nach Rom schließlich habe ich mir hunderte von Entschuldigungen einfallen lassen, weil ich glaubte, Du würdest mir – wäre ich erst in Rom angekommen – die schlimmsten Vorhaltungen machen. Aber erstaunlicherweise bekam ich von Dir nicht ein einziges Wort der Klage zu hören. Du hattest Dich wieder in Deine Drogenwelt geflüchtet, und was man Dir angetan hatte, war Dir längst wieder gleichgültig geworden.

Und auch daran erinnere ich mich noch: Als ich hundemüde und rotweinselig zurück auf unser Hotelzimmer komme, stehst Du auf dem winzigen Balkon. Du hast die Absperrkette überstiegen, und unter Dir flackert das nächtliche Rom in einem ockergelben Licht. Ich trete zu Dir auf den Balkon, wohl nur deshalb, weil mich Rotwein stets etwas leichtsinnig werden lässt. Wir fallen uns in die Arme, und schweigend bleiben wir so eine lange Zeit stehen, während sich der Nachtverkehr mit ungebremster Euphorie durch die Straßen hupt.

Aber das sind alte Geschichten, und Du hast nicht Unrecht, wenn Du glaubst, dass ich sie nur anführe, um von meinen derzeitigen Problemen abzulenken. Es ist nur, dass ich erst jetzt manches zu verstehen in der Lage bin, was ich damals nicht verstehen wollte. Es will mir oft so erscheinen, als ob mir damals alles nur zugestoßen wäre und mein Bewusstsein in einem Sparmodus gearbeitet hätte. Noch heute kann ich mich zwar an viele Begebenheiten erinnern, aber was sie hätten bedeuten können, beginnt mir erst jetzt langsam zu dämmern.

Nun erst weiß ich, dass ich für Dich nur ein kleiner Beamter war, der von morgens bis abends irgendwelche Anträge bearbeitete, und der von seiner Tochter erwartete, dass sie darüber in Begeisterung geriet. Du hieltest mich schlicht für einen Langweiler, für jemanden, der sein Leben verschenkte, weil er eigentlich nichts Rechtes damit anzufangen wusste, für einen Mann ohne Utopie, für eine selbstgenügsame Staatsmarionette, die noch dankbar war für die Fäden, an denen sie hing, ja für einen bleistiftkauenden Wichtigtuer, der sich auf seine Kompetenz in Sachfragen berief, weil er vergessen hatte, dass hinter jeder Sachfrage ein menschliches Schicksal steckt.

Jahrelang glich unser Austausch von Gedanken daher nur einer oberflächlichen Karambolage. Wie Billardkugeln prallten sie aufeinander, um sich gegenseitig eine andere Richtung aufzudrängen. Immer wieder schlugen meine Überzeugungen in das lose Gedanken-Cluster Deiner Ideale ein, um es zu zerstören und Deine

Ideenkugeln in den schwarzen Löchern des Alltags verschwinden zu lassen, während wiederum Deine Überzeugungen an der Stabilität meiner Gedanken – als ob
sie von jenem Hilfsdreieck umspannt wären, das man
vor dem Billardspiel benutzt, um die Kugeln in ihre Aus-
gangslage zu bringen – nur zurückprallten.

Ich weiß nun auch, dass Du damals gern einen anderen Vater gehabt hättest. Jemanden, der unberechen-
barer war in seinen Meinungen und Weltanschauungen,
der sich die Mühe machte, zu denken, bevor er sprach,
der auch einfach einmal seine Sprachlosigkeit einge-
stand, statt auf alle Fragen und Probleme eine fertige
Antwort parat zu haben, der, um die Billardkugeln
wieder ins Spiel zu bringen, nicht nur auf den Impuls-
erhaltungssatz schwor, sondern auch die *Reibung* ent-
schieden ernst nahm und sie nicht für eine zu ver-
nachlässigende Größe hielt. Du vermisstest an mir
schlicht die Fähigkeit, mich irritieren zu lassen, von
etwas überrascht zu sein, Begeisterung zu zeigen,
irgendetwas zu tun, das jenseits des bloß Konventionellen und Erwartbaren lag. Wenn ich nach meinem
Bürokratenfeierabend wenigstens ein leidlicher Jazz-
musiker gewesen wäre oder ein besessener Fallschirmspringer ...

Aber vielleicht hast Du es auch nicht so gemeint.
Vielleicht wolltest Du keinen anderen Vater, sondern
Deinen Vater nur anders. Vielleicht ahntest Du sogar als
einzige, dass hinter meiner festgefügten Gedankenwelt,
die nur dazu gut schien, Stöße zu erhalten und in
Gegenstöße umzuwandeln, ein autarker Bewegungs-
mechanismus schlummerte, der, wäre er nur erst akti-
viert – das Hilfsdreieck also gewissermaßen entfernt –

18

die Gedanken beim leisesten Impuls auf ihre ureigensten Bahnen schickte.

Doch obwohl sich unsere Kommunikation manchmal nur auf den Versuch gegenseitiger Beeinflussung beschränkte, haben wir sie niemals gänzlich abgebrochen. Etwas zwischen uns blieb bestehen, ohne je zerstört zu werden. Manchmal zeigte sich dieses Etwas in einem fast wortlosen Einvernehmen, das wir bestimmten Dingen gegenüber an den Tag legten. Denn war es nicht so, dass jedes Mal, wenn wir etwas auszudrücken versuchten, es uns regelmäßig misslang, und wir meist in einen Streit fanden, der – so wenigstens will es mir heute in der Erinnerung erscheinen – nichts weiter als ein Streit um Worte war? Ja, ich glaube, wir führten oft nur einen sinnlosen Zweikampf mit unterschiedlichen Meinungen, dogmatisierten Überzeugungen und mit zu Plattitüden geschrumpften Idealen, die wir wie Schwerter gegeneinanderschlugen, bis die Funken stoben. Denn fanden wir auch nur einmal in eine Sprache, die den anderen nicht gleich überwältigen, überzeugen und überreden wollte? Auf dem Balkon in Rom damals haben wir geschwiegen. Keine Vorwürfe, keine Drohungen, keine Bezichtigungen, und doch schien alles gesagt. Aber weißt Du noch, wie unser Schweigen dann endete? Ich sagte: – Hier zu stehen ist übrigens sehr gefährlich. Und Du antwortetest grob: – Dann bring' dich doch in Sicherheit! Damit war unser schweigendes Einvernehmen erneut dahin, und wir begannen wieder damit, die Worte als Waffen zu gebrauchen.

Und noch einmal haben wir geschwiegen, lange geschwiegen. Nach Margrets Tod. Eine Woche lang bliebst Du bei mir, bezogst wieder Dein altes Kinderzimmer und halfst mir, mich in meinem neuen Leben zurechtzufinden. Was hätten wir damals alles sagen können über die Frau, die uns so viel bedeutet hatte? Doch, anstatt auch nur ein Wort zu sagen, schwiegen wir beide, als ob wir beschlossen hätten, den Rest unseres Lebens als Trappisten zu verbringen. Diese langen stummen Spaziergänge am Fluss. Diese Stille während der Mahlzeiten. Das Klappern des Geschirrs. Das Ticken und Schlagen der Standuhr. Jede akustische Kleinigkeit ging damals über das hinaus, was wir zu ertragen fähig waren. Nur am Abend wurde diese Stille durchbrochen, dann nämlich sprach der Fernseher für uns, obwohl uns beiden das Geschwätz, das uns von dort entgegenschallte, unsagbar pietätlos erschien, so als ob jedes Wort aus dem Fernseher versuchte, unsere Trauer zu bagatellisieren. – Ja, als spottete man dort unserer Verzweiflung und als machte man sich lustig über unsere Sprachlosigkeit, die uns voneinander trennte, als ob ein jeder von uns in einer undurchdringbaren Vakuumblase gefangen gehalten würde.

Als wir dann aber doch wieder zu sprechen begannen, langsam, zunächst nur die alltäglichen Verrichtungen kommentierend, war ich immer mehr erschrocken über den Grad Deiner Vernunft, unter dem Du nun begannst, sachliche Erwägungen anzustellen. Dass das Leben weitergehe, dass ich jetzt aufpassen müsse, keine *Verlustdepression* zu bekommen, dass ich auf jeden Fall – einige Wochen Erholung zugebilligt – wieder ins Büro müsse, um den Anschluss an das alltägliche Leben nicht zu verlieren, dass ich meine Trauer zu *verarbeiten* hätte – zu was nur, fragte ich mich – ja, dass ich mir die Fähigkeit erwerben müßte, zu vergessen. – Dies waren nur einige Deiner Ratschläge, deren Abgeklärtheit mich zutiefst verwunderte. Meine Tochter, die schon mit siebzehn der Gefühlskälte Mitteleuropas entfliehen wollte, um in der angeblichen Bewusstseinssonne Indiens zu rösten, meine Tochter, die von einem Vernunftwahn der Deutschen sprach, der diese geradewegs in zwei Weltkriege geführt hatte, meine Tochter, Befürworterin der Urschreitherapie und vertraut mit Schwingpendel und Auramesser, meine Tochter gab mir den Ratschlag, so schnell wie möglich in den abstumpfenden Alltagstrott zurückzufinden, Vergessen zu lernen und das Schicksal mit Vernunft und Anstand zu tragen.

Heute kann ich es Dir eingestehen: ich hätte mir gewünscht, Du hättest gesagt, trauere, trauere aus ganzem Herzen, weine, schreie, nimm in Deinem Schmerz auf niemanden Rücksicht, quäle Dich mit Deinen Erinnerungen, vergiss nichts, versuche gar nicht erst, stark zu sein, sei schwach, reiß dich nicht zusammen, sondern auseinander, leg dich selbst offen, seziere dich, scheue dich nicht vor Selbstmitleid, heule, bis du keine Tränen mehr hast. Doch stattdessen behandeltest Du meine Trauer wie eine infektiöse Erkrankung der Atmungsorgane, gegen die Du allerlei lindernde Arzneien verordnetest.

Damals hatte ich einen merkwürdigen, vielleicht sogar albernen Traum. Mir träumte, Du wolltest Dich nicht so einfach mit Margrets Tod abfinden. Und so hattest Du für uns zwei Flugtickets nach Südamerika gelöst, um dort einen Indiostamm aufzusuchen, von dem Du glaubtest, dass er uns helfen könnte. Man hörte sich auch dort unsere Probleme an und brachte uns in eine Hütte, in der auf einer offenen Flamme ein sirup-dicker Sud aus Baumwurzeln und Früchten kochte. Durch diesen Trunk sollten wir befähigt werden, Einlass in das Reich der Toten zu erhalten und von dort zurück ins Leben mitzunehmen, wen immer wir wollten. Ich trank als erster einen kräftigen Schluck von dem Sud, der merkwürdigerweise nach Selleriesaft schmeckte. Doch kaum hatte ich getrunken, musste ich mich gräss-lich übergeben. Und auch den zweiten tiefen Schluck, den ich auf Dein Geheiß zu mir nahm, spie ich sogleich wieder von mir.

– So lange du dich wehrst, sagtest Du daraufhin ver-ärgert zu mir, wirst Du nie den Weg zu Margret finden.

Dann bin ich aufgewacht. Ein alberner Traum, nicht wahr? Aber ich hatte noch weitaus albernere Träume, die ich Dir ersparen möchte. Ich war damals der festen Überzeugung, dass, wenn mir überhaupt jemand helfen könnte, einzig Du dazu imstande wärest. Ich glaubte, Du wüsstest etwas mehr vom Leben als ich, zumindest mehr über all die Dinge, die ich immerzu aus meinem Leben herauszuhalten bemüht gewesen war. Doch sah ich mich von Dir nur vertröstet auf den Lauf der Dinge, auf ein geregeltes, entemotionalisiertes Dasein, in das ich früher oder später wieder hineinfände wie in ein altes ausgelatschtes Paar Hausschuhe, nachdem sich das neue als zu eng erwiesen hatte.

Wenn ich Dich sprechen hörte, war es mir, als ob ich vor einem akustischen Spiegel stünde, aus dem mir meine eigenen alten Worte entgegenkamen. Worte, die auch ich zweifellos jedem anderen in meiner Situation immer noch gesagt hätte, die nur jetzt in meinen Ohren wie Hohn und Spott klangen. Aber anders als Du, die

Du stets gegen alle meine Ratschläge rebelliert hast, nahm ich Deine Worte an, beugte mich ihnen und tat genau das, was Du für richtig hieltest.

Nach zwei Wochen war ich wieder im Büro, versah meinen Dienst, verzichtete das erste Jahr sogar auf Urlaub, nur um nicht allein über meine Zeit verfügen zu müssen, lernte, den Haushalt zu führen, auf Vorrat einzukaufen und meine Wäsche und das Haus zu versorgen. Ich hielt meine äußere Ordnung aufrecht, weil ich Dir glaubte, dass davon auch mein inneres Gleichgewicht abhängig sei. Ich gönnte mir Ablenkung, wann immer ich Gefahr lief, meinen Gedanken und Erinnerungen zu erliegen. Überhaupt hielt ich im Denken so strenge Diät, dass man bei mir schon bald eine Art geistige Magersucht hätte diagnostizieren können. Ich wurde wieder, was ich war, nämlich ein reibungslos funktionierendes Rädchen im Staats- und Alltagsgetriebe. Und dafür erhielt ich jetzt ausgerechnet von Dir Lob.

Gut siehst du aus, sagtest Du zu mir, wann immer Du mich sahst. – Ich bewundere deine Selbstbeherrschung. Wie leicht du mit allem fertig wirst.

Nur was dort wirklich so leicht mit allem fertig wurde, das war längst nicht mehr mein Ich, mein Ich hatte sich nämlich verabschiedet. Es hatte bemerkt, dass es bei all den leeren Riten und Zeremonien des Alltagslebens nicht mehr im geringsten gebraucht wurde, und so hatte es sich davongeschlichen und ließ die bewusstlose Gliederpuppe, die von mir übriggeblieben war, allein weiterzappeln.

Wohin mein Ich ging, weiß ich nicht, wo es überdauerte, um eines Tages zurückzukehren – ich habe keine Ahnung. Ich stelle mir aber vor, dass es sich irgendwann wie eine sattgefressene Raupe in eine dunkle Ecke meines Körpers zurückzog. Dort muss es sich dann verpuppt haben und für lange Zeit in eine totenähnliche Starre verfallen sein. Aber seit einigen Tagen habe ich das Gefühl, dass sich eine ganz neue Lebensform aus dieser dunklen Puppe schält, ja dass sich die farbige Spitze eines irisierenden Flügels Stunde um Stunde ein Stückchen weiter ins Licht schiebt.

Du hast Recht, Janine, meine Emphase passt nicht zu mir, aber betrachte sie als ein Ringen um Ausdruck, als den Versuch eines Menschen, endlich eine Sprache zu sprechen, die nichts mehr behaupten und von nichts mehr überzeugen möchte. Du fragst mich nach dem Anlass, Du fragst, warum ich zwei Jahre lang mein Leben fortsetzen konnte ohne einen Zusammenbruch, und warum ich jetzt plötzlich alles hinwerfe und Hals über Kopf verschwinde? Ich will es Dir sagen. Der Anlass für meinen Aufbruch war ein *Mondvogel*. Doch halte mich nicht für verrückt, bevor Du nicht weißt, was ein Mondvogel ist.

Es war vor einer Woche. Ich kam vom Dienst nach Hause wie jeden Abend. Ich aß, schaltete den Fernseher ein und gruppierte die allabendliche Ration von Bierflaschen vor mir auf dem Tisch, die mir das Müdewerden erleichtern und mich in dumpfer Bewusstlosigkeit halten sollen, damit keine plötzliche Erinnerung mich zu überfallen in der Lage ist. Doch ich hatte noch keine der Flaschen geöffnet, da drang plötzlich die Abendsonne durch die Fenster an der Straßenseite, und ihre Strahlen trafen direkt auf die Mattscheibe des Fernsehapparats. So lichtstark war die Sonne, dass die Fernsehbilder verblassten.

Vielleicht kannst Du Dich erinnern, dass die Sonne nur während einiger Sommerwochen durch die Fenster an der Straßenseite unseres Hauses blickt. Als Margret noch lebte, versäumte sie es nie, mich jedes Mal auf dieses Ereignis aufmerksam zu machen. Meistens trat sie sogleich ans Fenster, und ich erinnere mich an die rötliche Färbung, die ihr Gesicht dann annahm, besonders dort, wo ihre Brandnarbe die Schläfe hinab lief, und wie Margret stets mit geschlossenen Augen minutenlang verharrte, als ob sie die letzte Wärme aus der untergehenden Sonne aufnehmen wollte.

Ich schaltete den Fernseher aus und betrachtete das Sonnenlicht, das auf einen Teil des Bücherregals ein goldenes Rechteck warf und die schwere Eule aus Messing, die dort seit vielen Jahren steht, zum Leuchten brachte, als ob sie sich entzündet hätte. Zum ersten Mal seit Monaten hatte ich Lust auf einen spontanen Abendspaziergang.

Ich trat hinaus auf die Straße, und ohne zu überlegen, wählte ich den Weg, den ich schon viele hundertmal mit Margret gegangen bin und den wohl auch Du noch in- und auswendig kennst. Es ist der Weg durch die nahen Schrebergärten, vorbei an all den kleinen Gartenlauben und Gemüsebeeten, durch die lange Allee Japanischer Kirschbäume, die im Frühling ihre rosa Blüten über einen schneien lassen, bis zur Brücke, die über die Autobahn führt und in den Stadtwald leitet.

Im Stadtwald war kaum noch jemand. Ein paar Fahrradfahrer, Dauerläufer, Hundebesitzer und einige Türken, die auf bunten Decken saßen und zu Abend aßen. Ich ging die Kastanienallee entlang. Wenn ein Fahrrad vorüberfuhr, dampfte roter, in den letzten

Sonnenstrahlen glitzernder Staub vom Weg auf. Die Sonne stand schon so tief, dass die Sonnenstrahlen nur noch unterhalb der schweren Baumkronen hindurch fingerten. Ein leichter Wind ließ die großen gelappten Blätter der Bäume leise rauschen, die einen gewaltigen Schlagschatten die Böschung hinab warfen, auf den kleinen künstlichen Fluss hinaus, wo ein paar Enten und Blesshühner schwammen.

Irgendwann verließ ich den festen Weg und ging quer über eine Wiese, bis ich vor einem Straßenbahndamm stand, der von Brennnesseln überwuchert war. Ich fand einen schmalen Pfad, der auf den Bahndammschotter hinaufführte, und überquerte die Gleise. Zwischen den dunklen Holzbohlen wuchsen Ehrenpreis und Kamille.

Auf der anderen Seite des Bahndamms schlossen sich große, leere Rasenflächen an, die schon lange nicht mehr gemäht worden waren. Der Löwenzahn hatte fast das gesamte Terrain erobert. Überall wippten die runden Fruchtkugeln auf und ab und warteten auf einen kräftigen Windstoß. Ich pflückte eine der reifen Blumen und blies hinein. Die Samen lösten sich sogleich und flogen davon. Manche hatten sich so eng ineinander verhakt, dass sie gemeinsam aufwärts schwebten wie Fallschirmspringer, die vergessen hatten, sich vor dem Öffnen ihrer Schirme loszulassen.

Wie ich also auf der Löwenzahnwiese stand, fielen mir in der Nähe einige Sträucher auf, die ich, da ich schon einmal dabei war, meine botanischen Kenntnisse aufzufrischen, ebenfalls noch bevor ich den Heimweg anzutreten gedachte in Augenschein nehmen wollte. Aber als ich bei den Sträuchern angekommen war, versagten meine Naturkenntnisse recht jämmerlich. Ich wusste nicht und weiß bis heute nicht, um welche Sträucher es sich handelt. Doch waren die Sträucher auch plötzlich nicht mehr das Interessante, sondern mein Auge blieb vielmehr an einer Stelle haften, die ich durch Zufall entdeckte, weil sie aussah, als ob inmitten der Sträucher ein Zweiglein abgebrochen wäre.

Ich weiß nicht, warum ich meinen Blick nicht gleich wieder von dieser Stelle abwandte, ist ein abgebrochener Zweig doch normalerweise nichts, was einen Menschen so in Bann hält, dass er wie angewurzelt stehen bleibt. Es war nur, dass mir die runde Abbruchstelle, auf die ich blickte, mit ihrem frischen Gelb und den zwei etwas dunkleren, ins bräunliche gehenden Flecken in ihrer Mitte, die deutlich anzeigten, dass der nach dem Abbruch des Zweiges ausgetretene Pflanzensaft noch nicht ganz aufgetrocknet und die Abbruchstelle also noch ganz frisch war, vielleicht sogar klebrig, dass mir also, um es kurz zu sagen, diese Deutlichkeit auf irgendeine Weise zu deutlich vorkam. Der Anblick, der sich mir bot, wirkte weit mehr wie das gemalte Idealbild einer frischen Abbruchstelle, als dass er sie wirklich verkörperte.

Als ich näher herantrat, ja schon in fast kindlicher Neugier einen Finger ausstreckte, um die Abbruchstelle abzutasten, bewegte sie sich plötzlich. Und in dieser Bewegung erkannte ich schlagartig, dass mein Blick an der Oberfläche eines Vexierbildes geruht hatte, ein Vexierbild dessen Tiefendimension sich mir nun auftat und ein dunkles, beflügeltes Insekt erkennen ließ.

Es war ein Falter, der hier in perfekter Pflanzenmimese auf die Nacht wartete. Meine Anwesenheit hatte ihn aus seinen Tagträumen geschreckt. Langsam, so als ob er sich reckte, öffnete er seine silbriggrauen Vorderflügel, durch die ein wellenförmiges Zittern lief. Der gelb-braune Fleck am Flügelende, den ich für die frische Abrisswunde eines Zweiges gehalten hatte, verschwand, und es entfalteten sich zwei gelblich-weiße Hinterflügel, die für kurze Zeit wie nasse Segel zum Trocknen in den Wind gestellt wurden.

Schließlich hob der Falter seinen pelzigen, braungelben Kopf, streckte seine Fühler in die Luft, die hektisch zu vibrieren begannen, und flog davon. Gebannt blickte ich ihm nach, bis er in der hereinbrechenden Abenddämmerung immer schwerer erkennbar wurde und nur noch ein eingebildeter schwarzer Fleck vor meinem Auge zu sein schien.

Ich ging zurück zum Bahndamm, betrat die Gleise und schritt über die dunkelgebeizten Holzbohlen, bis ich auf eine der Haltestellen der Straßenbahn traf, um von dort mit der nächsten Bahn zum Hauptbahnhof zu fahren.

Es war schon spät, als ich den Bahnhof erreichte, aber die Buchhandlung in der Eingangshalle hatte noch geöffnet. Ich erstand ein Buch über Nachtfalter, und während ich mit einer anderen Straßenbahn zurück nach Hause fuhr, stellte ich fest, dass der Falter, den ich gesehen hatte, *Mondvogel* hieß und zur Gruppe der Zahnspinner gehörte. Ich weiß nicht warum, aber mich erfasste eine fast kindische Begeisterung über all die Falter in diesem Buch.

Besonders aber hatte es mir der Mondvogel angetan. Sein Name flatterte so aufgeregt durch meinen Kopf, dass mir fast schwindlig wurde, und ich auf den Gedanken geriet, dass es eine Art von Verwandtschaft zwischen mir und dem Falter geben müsse. – Ja, ich stellte zwischen dem Mondvogel und meinem Leben solange Analogien her, bis der Falter mir zum Sinnbild meiner Existenz geworden war. – Denn hatte nicht auch ich mich eingepaßt in die Strukturen des Alltags, hatte deren Formen und Farben mimetisch nachgebildet, um nicht aufzufallen und in Ruhe gelassen zu werden? Hatte nicht auch ich einen lauten hellen Tag überdauert, der zwei Jahre währte? Und brach nicht auch um mich herum jetzt die Nacht an, in der ich zu sehen fähig sein würde, wenn ich nur wollte? Zwei Jahre, in denen ich für meine Umwelt nur wie ein Zeichen gewesen war, das auf einen Verlust hindeutete. Jetzt wurde ich mir plötzlich meiner Flügel bewusst, und ich erkannte, dass der Verlust, den ich für andere bezeichnete, in Wahrheit mein Vermögen war.

Du wirst verstehen, Janine, dass ich daher auf- und davonfliegen musste. Aber ich will Dich an meinen ersten Flügen ein wenig teilhaben lassen. Und wenn mein Leben länger währen sollte, als meine Reise, so komme ich eines Tages von selbst zu Dir zurück. Versuche aber nicht, mich einzufangen. Es sei denn, Du willst mich lieber für immer hinter Glas, an einem festen Platz, mit einer stählernen Arretiernadel durchs Herz. –

2 Totenkopfschwärmer

Ich habe lange überlegt, Janine, ob Nachtfalter irgendwann einmal für mich eine besondere Bedeutung besaßen. Doch mir fiel nur eine einzige Begebenheit ein, die mir noch deutlich in Erinnerung ist und die sich zutrug, als ich kurz vor der Einschulung stand.

Den Sommer meines sechsten Lebensjahres verbrachte ich bei meinen Großeltern im Bergischen Land, in der Nähe von Wuppertal. Sie besaßen dort ein kleines Häuschen, ein paar Nutztiere und einen großen Gemüsegarten. Meine Eltern waren der Auffassung, dass mir die Luftveränderung guttun werde, da ich an asthmatischen Anfällen litt.

Besonders interessierte ich mich bei meinen Großeltern für den Bienenstock, den mein Großvater unterhielt. Nur war mir ausgerechnet ein Aufenthalt in der Nähe dieses interessanten Objekts streng untersagt. So betrachtete ich meinen Großvater stets mit Ehrfurcht und Neid, wenn er den weiten, runden Schutzhut mit der von der Krempe herabhängenden Gardine aufsetzte und dazu eine lange weiße Pfeife in den Mund steckte, um damit Dampfwolken in die Luft zu blasen, die die Bienen friedlich stimmen sollten. Ich folgte meinem Großvater, wenn er sich in dieser Montur zeigte, stets bis an den Rand des Gartens, wo ich am Zaun zurückbleiben musste, während mein Großvater ein kleines quietschendes Eisentor öffnete und durch dichte Brennnesseln zu seinem Bienenstock stapfte, der hangaufwärts an einer Lichtung unter einer großen Eiche stand, die ihm Schutz gewährte.

Vom Garten aus konnte man den Bienenstock noch gut erkennen. Wenn er in der Sonne lag, sah man sogar, wie die an- und abfliegenden Bienen in der Luft herumschwirrten. Niemals hätte ich mich jedoch getraut, näher an den Bienenstock heranzugehen als mir erlaubt war. Faszination und Angst hielten sich bei mir konstant die Waage. Der Gartenzaun, ein grobmaschiges, halb verrostetes Drahtgeflecht, bildete die deutliche Demarkationslinie, die meine Welt von der Welt der Bienen trennte, eine Grenze, von der ich glaubte, dass die Bienen sie nur so lange akzeptierten, wie auch ich sie akzeptierte. Darüber hinaus aber bildete ich mir ein, mit den Bienen irgendwann einmal einen geheimen Kontrakt ausgehandelt zu haben, der mich davor bewahrte, jemals gestochen zu werden, solange ich nicht vertragsbrüchig wurde und durch das Tor hinausging in ihr Land, das ich im Stillen das *Drohnenland* nannte, wohl weil ich meinen Großvater hin und wieder von den Drohnen sprechen hörte, und ich mit diesem Namen etwas verband, das nach einer handfesten Drohung klang. Die Bienen ihrerseits nahmen es mit der Grenze allerdings nicht so genau. Hin und wieder verloren sich einige von ihnen in Großmutters Gemüsegarten, wo sie an den Rosen oder an der Clematis naschten, die die Südseite des Hauses überwucherte und in deren rosa-weißen Riesenblüten auch viele Hummeln brummten. Statt den Garten zu nutzen, zogen es die Bienen überwiegend jedoch vor, auf die Rapsfelder auszuschwärmen, die wie große Seen aus gelber Ölfarbe in der bergigen Landschaft ruhten, und die ich vom oberen Stockwerk des Hauses stets als erste Erscheinung in der Morgendämmerung wahrnahm.

Eines Tages jedoch sagte mein Großvater zu mir: Heute darfst du den großen Hut tragen, denn ich möchte dir etwas zeigen.

Noch ehe ich recht begriff, wie mir geschah, hatte mein Großvater mich schon in eine dicke Leinenjacke gepackt und um meine Hosenbeine zwei Einmachgummis gespannt. Darauf musste ich meine Sandalen mit festem Schuhwerk wechseln, bekam Handschuhe übergestreift, die mir mehrere Nummern zu groß waren, und schließlich setzte mir mein Großvater den Gardinenhut auf den Kopf.

Und was ist mit dir? fragte ich besorgt.

Keine Angst, sagte mein Großvater, mir tun die Bienen nichts. Ich rauche ja die Friedenspfeife.

So marschierten wir also hangaufwärts ins *Drohnenland*. Mein Großvater ging eingehüllt in weiße Dampfwolken voran, und ich folgte ihm wie der kleine Gehilfe einem großen Entdecker, wenn auch sehr zögerlich und ängstlich, weil ich mir die Frage stellte, wie die Bienen wohl auf meine Grenzverletzung reagierten. Vielleicht rächten sie sich statt an mir an meinen schutzlosen Großvater. Aber wie hätte ich ihm von meinem Kontrakt mit den Bienen berichten können, ohne mich lächerlich zu machen?

Wir erreichten den Bienenstock. Mein Großvater saugte kräftiger an seiner Pfeife. Der Rauch hüllte uns ein. Das Gesumm der Bienen schwoll bedrohlich an. Die ersten Kundschafterinnen näherten sich mir und nahmen mich in Augenschein. Eine setzte sich direkt vor meine Nase auf den Gesichtsschutz. Eine andere brummte mir so laut ins Ohr, dass mich von Kopf bis Fuß eine Gänsehaut überlief. Ich hoffte, die Bienen würden mich vielleicht in meiner Aufmachung gar nicht erkennen.

Ich sah auf die Einfluglöcher des Bienenstocks, auf die Wächter, die jede der anfliegenden Bienen genauestens musterten, bevor sie sie in den Stock hineinließen. Ich hielt das Ein- und Ausschwärmen für ein chaotisches Durcheinander, unberechenbar und wirr. Und wie alles, was man nicht versteht, erschien es mir darüber hinaus bedrohlich. Mein Großvater hingegen versuchte, mir die verborgene Ordnung dieses Chaos zu erklären. Er sprach von der Königin, den Drohnen, vom Hochzeitsflug und der Drohnenschlacht. Er sprach von Tochtervölkern, vom Weiselfuttersaft und von Wachsspiegeln, von Pollen, Propolis und Kittharz. Und seine Worte mischten sich unter das summende und brummende Bienenvolk und verursachten, dass sich nicht nur um mich her, sondern auch in mir drinnen alles nur noch zu einem viel größeren Durcheinander mengte.

Ich will dir etwas Besonderes zeigen, sagte mein Großvater und zog eine der bienenbesetzten Laden hervor. Mit der Pfeife paffte er ein paar dicke Rauchwolken auf die Waben und strich die Bienen dann vorsichtig beiseite. In der Mitte des Rahmens saß ein großer Falter, wie ich noch nie einen in dieser Größe gesehen hatte. Seine Vorderflügel waren gelb-braun marmoriert und die Hinterflügel einfarbig gelb, durchzogen von dunklen Querbinden. Den Hinterleib zierte darüber hinaus ein blauer Längsstreifen. Fast auf der Höhe seines Kopfes aber starrte mich ein kleines Gesicht an, mit zwei leeren schwarzen Augenhöhlen und einem vor Schreck geöffneten Mund.

Das ist ein Totenkopfschwärmer, sagte mein Großvater. Ein Wanderfalter, der weit aus dem Süden zu uns kommt. Manchmal kannst du ihn bei Nacht um eine Straßenlaterne kreisen sehen. Er gibt dazu ein eigentümliches Pfeifen von sich. Die meisten Menschen halten ihn daher für eine Fledermaus. Er ist ein großer Liebhaber von Honig. Wenn er in einen Bienenstock eindringt, um dort Honig zu stehlen, dann verwandelt sich sein Pfeifen in ein zirpendes Geräusch, das dem Weiselgesang der Bienen gleicht, mit dem diese beim Schlüpfen einer neuen Bienenkönigin ihre Angriffslust unterdrücken. Wenn er genug Honig gefressen hat, zieht er sich wieder vorsichtig aus der Affäre. Aber nicht immer gelingt es ihm, das Bienenvolk zu täuschen.

Ich sah meinen Großvater beängstigt an.

Diesen armen Kerl hier, sagte er und hob den Nachtfalter an einem seiner Flügel empor, diesen hier haben sie totgestochen. Wahrscheinlich verstand er sich noch nicht gut genug darauf, den Weiselgesang der Bienen nachzuahmen. Sie haben sein Täuschungsmanöver durchschaut und ihn mit so viel Gift vollgepumpt, dass ein Pferd daran hätte sterben können.

Mein Großvater legte mir den Totenkopfschwärmer vorsichtig auf meine behandschuhte Hand. Ich besah mir den ungewöhnlichen Räuber aus der Nähe, und mir war – zugegeben – nicht ganz wohl dabei.

Du brauchst dich nicht zu fürchten, sagte mein Großvater. Die totenkopfartige Zeichnung auf seinem Rücken soll nur Vögel abschrecken. Vögel fürchten sich nämlich vor zwei so dunklen Augen genauso wie du. Der Falter selbst weiß nicht einmal mehr etwas von dem Bild, das er auf seinem Rücken trägt.

Armer Kerl, sagte mein Großvater dann noch einmal.

Doch da erhob ich Einspruch. Waren mir die Bienen schon unheimlich, so war mir dieser Falter doch erst recht ein Geschöpf, das mich allein durch seine Größe und durch sein Äußeres ängstigte. Ich erklärte daher – wohl auch, weil ich mich bei den Bienen wieder etwas einschmeicheln wollte – dass der Falter an seinem Tod selbst Schuld trage. Schließlich habe er versucht, den Bienen ihren Honig zu stehlen und habe folglich damit rechnen müssen, dass die Bienen sich dies nicht so einfach gefallen ließen.

Ich finde, sagte ich also, der Falter ist ein böses Tier, und es ist gut, dass die Bienen ihn getötet haben.

Damit warf ich den Falter fort, der wie eine kunstvoll gefaltete Papierschwalbe zu Boden kreiste und dort, die hellere Unterseite seiner Flügel zum Licht gewendet, reglos liegen blieb.

Mein Großvater sah mich nur an und lächelte.

Darf ich dich fragen, sagte er dann, was du heute Morgen auf dein Frühstücksbrot gestrichen hast?

Honig, sagte ich kleinlaut.

Ja, sagte mein Großvater, geklauten Honig. Du bist also auch ein böses Tier.

Ich versuchte zu protestieren, aber mein Großvater sagte: Der Totenkopfschwärmer täuscht die Bienen mit falschen Gesängen. Wir Imker geben ihnen Zuckerwasser für ihren Nektar. Wo ist da der Unterschied? Der Falter setzt sein Leben aufs Spiel, um an den Honig zu kommen. Schau dagegen einmal dich an, du kommst in einer kleinen Ritterrüstung daher und nimmst dir einfach, was du brauchst.

Und dann sagte mein Großvater noch – wenigstens will es mir heute nach all den Jahren so erscheinen, als ob er dies gesagt haben könnte –: Du musst vorsichtig sein, denn Gut und Böse kommen im Tierreich gar nicht vor. Nur weil der Nachtfalter so beängstigend aussieht und den Bienen an den Honig wollte, ist er noch nicht böse. Und nur weil die Bienen sich gegen ihren Angreifer gewehrt haben, sind sie noch lange nicht gut. Wir Menschen geben dem, was wir wahrnehmen, einen Sinn. Aber es ist stets ein Menschensinn. Bald kommst du in die Schule. Dann wird man dir viel vom Kampf ums Dasein erzählen und von der natürlichen Auslese. Du musst nicht alles glauben. Es sind nur Bilder. Und es sind, wenn du mich fragst, sehr schlechte Bilder. Falls du ein Naturforscher werden solltest, dann musst du dich darum bemühen, andere Bilder zu finden. Bilder, die nicht nur erklären wollen, wie die Natur angeblich funktioniert, sondern die auch Platz lassen für das uns Unerklärliche, für das, was vielleicht gar nichts zu tun hat mit dem, was wir Funktionieren nennen.

Einige Jahre später, als mein Großvater längst bettlägerig war und man ihn für altersverwirrt hielt, trat ich eines Tages in sein Schlafzimmer, in dem die dicken blauen Übergardinen zugezogen waren, so dass es war, als tauchte man in eine geheimnisvolle Unterwasserhöhle, in der es stark nach Kampher, Menthol und Rasierwasser roch. Alles, was ich von meinem Großvater erkennen konnte, war sein weißhaariger Kopf, der auf einem dicken, spitzenbesetzten Kissen ruhte wie eine kostbare rosige Kugel in Watte. Ich trat ganz nah bis an das Kopfende des Bettes heran, und es dauerte eine Weile, bis mein Großvater meine Anwesenheit bemerkte. Dann aber lächelte er, und es arbeitete sich langsam ein knochiger Arm unter der

Bettdecke hervor, der sich vergeblich bemühte, mich zu berühren.

Es hat sich alles verkehrt, mein Junge, flüsterte mein Großvater mir zu. Jetzt schwärmt das Volk der Bienen selbst für die Totenköpfe. Es öffnet ihnen freiwillig die Bienenstöcke und opfert ihnen ihren Nektar. Ja, es macht sie zu ihren Königinnen. Aber im Winter werden die Bienen in ihren leeren Waben sitzen und sterben müssen.

Seine Hand versuchte immer noch, mich zu erreichen. Doch je näher sie kam, desto weiter wich ich zurück.

Du verstehst mich doch, flüsterte mein Großvater. Damals war es nicht richtig von dir, über die Bienen zu urteilen. Jetzt aber ist es an der Zeit, dass du Gut und Böse erkennst.

Dann tippte mein Großvater mir mit seinem knöchernen Zeigefinger auf die Knöpfe meiner neuen HJ-Jacke, die ich seit einigen Tagen voller Stolz trug, und sagte: Gib acht auf falschen Weiselgesang, und lass dich nicht mit Zuckerwasser abspeisen!

Einige Tage darauf starb mein Großvater.

Du zweifelst zurecht an der Präzision meines Erinnerungsvermögens, Janine. Aber was sind schon die wirklichen Ereignisse? Konturen oft nur, die sich erst im Erinnern mit Leben füllen. Mit Eigenleben zuweilen, das dann rückwirkend wiederum die Konturen verändert. Denn es gibt keine festen und unerschütterlichen Fundamente der Erinnerung. Erinnerung ist stets auf Sand gebaut. Kein Datum legt ihren Grundstein, kein historisches Ereignis bildet ihre unverrückbare Konsole.

In der Erinnerung überlagert die erzählte Zeit die historische, was immer wir uns unter der letzten auch vorstellen wollen. Ich glaube, auch sie ist in Wahrheit nur erzählte Zeit, erzählte Zeit, die ihren Erzähler verleugnet. Erinnerung braucht kein Stützgerüst aus Daten. Sie baut sich frei auf über dem Flugsand der Geschichte. Deshalb auch bringt sie alles Chronologische ins Wanken. Oft deckt sie erst das Dach und schachtet dann den Keller aus. Erinnerung macht aus dem Chaos unserer unstrukturierten Lebensläufe eine scheinbar logische Geschichte. Erinnerung setzt alles solange miteinander in Verbindung, bis ein Haus entstanden ist, aus dessen oberstem Fenster der Erbauer stolz auf die Straße hinab winkt. Nicht selten wimmelt es daher in solchen Häusern von *als, nachdem, dann, darauf* und *schließlich.* Denn diese Häuser sind Konstrukte, die sogleich in sich zusammenstürzten, wenn man ihnen die temporalen Konjunktionen, mit denen sie verschraubt sind, entfernte.

Du hast mich gefragt, womit ich meine Tage verbringe, und also will ich versuchen, Dir darauf eine Antwort zu geben. Eigentlich ist dies allerdings schnell getan, denn ich tue den Tag über nicht viel anderes, als von morgens bis abends ziellos in der Gegend umher zu wandern. Ich lasse mich etwa vom Angebot eines schattigen Waldweges überreden, auf seinem federnden Sandboden Erholung für meine Füße zu suchen. Oder ein durch Wind und Wetter fast unlesbar gewordenes Schild fordert mich auf, den Weg zu einem fernen Aussichtsturm einzuschlagen, während ich bereits ahne, dass es diesen Aussichtsturm wahrscheinlich gar nicht mehr gibt und ich also wohl nie dort ankommen werde. Doch befolge ich gern einen Vorschlag, der sich mir ganz selbstlos unterbreitet.

Zugegeben: Schon manchmal wurde es mir schwer, gegen Abend den Weg ins Gasthaus zurückzufinden, und ein paar mir begegnende Wanderer hatten alle Mühe, mich vermittels Karte und Kompass wieder auf den rechten Pfad zu bringen. Doch was soll mir schon geschehen? Es ist Spätsommer, und notfalls wird mich eine Nacht auf einem Hochstand oder in einer Schutzhütte auch nicht umbringen. Proviant nehme ich auf meinen Streifzügen neuerdings reichlich mit. Auch Wasser habe ich immer dabei und – zu Deiner Beruhigung sei es gesagt – auch die eine oder andere Tablette.

Ich habe mir sogar einen kleinen Rucksack gekauft. Die ersten zwei Tage war ich abends zu schwach, um eine Teetasse zu heben, so verspannt waren meine Schultern. Doch jetzt habe ich mich an den Rucksack gewöhnt und belade ihn Tag für Tag mit ein paar Gramm mehr, bis ich bequem eine Ausrüstung werde tragen können, die mir für mehrere Tage das Überleben im Wald sichert.

Du brauchst Dich allerdings nicht zu sorgen, Janine, bisher ist es mir noch nicht gelungen, auch nur wenige Stunden zu wandern, ohne einem Menschen zu begegnen. Und trifft man einmal nicht auf einen Menschen, so doch auf ein abseits gelegenes Gehöft, und von den Höhenwegen aus ist fast immer zur linken oder rechten ein Dorf auszumachen. Aber ich wünschte mir schon, einmal immer weiter und weiter zu gehen und das Gefühl zu haben, in ein Land einzudringen, das vor mir noch nie jemand gesehen hat. Oft provoziere ich es daher geradezu, dass ich mich verlaufe, nur um der Einbildung zu erliegen, ich sei an einem gänzlich unbekannten Ort. Doch es gelingt mir viel zu selten. Vielleicht ist Deutschland auch kein Land, in dem man sich wirklich noch verlaufen kann. Aber vielleicht ist es ein gutes Land, um das Verlaufen zu trainieren. Es wahrzumachen, dafür kann man dann ja immer noch woanders hinreisen.

Doch Du wirst fragen wollen, warum ich, der ich mir nie viel aus der Natur gemacht habe, plötzlich zu einem Wald- und Wiesenläufer geworden bin. Die Antwort ist, dass ich es selbst noch nicht weiß. Es ist aber wohl weniger die Natur, der ich meine ganze Aufmerksamkeit schenke, sondern es ist das Gehen selbst, das mich fasziniert. So gehe ich nicht, um ein Ziel zu erreichen. Ich setze vielmehr Schritt um Schritt und bin immer schon am Ziel. Denn es ist dieser Zustand während des Gehens, der mir langsam zur Sucht wird. Es ist nicht nur ein Nachdenklichwerden, sondern weit mehr, als ob ein Bewusstseinsstrom durch mich hindurch rauschte, der so lange fließt, wie ich gehe. Auf diesem Bewusstseinsstrom, nein, *in* ihm treiben die seltsamsten Gedanken, Überlegungen, Erinnerungen und Gefühle. Doch das, was ich Dir hier nur als Aufzählung nenne, erscheint in Wahrheit nicht in einem Nacheinander, sondern es wird mir stets gegenwärtig in einem Zugleich. Meine Empfindungen verknüpfen sich mit meinen Gedanken auf so feste Weise, dass beide Seiten geradezu identisch werden. Erst wenn ich wieder in meinem Zimmer bin und mir im Nachhinein meinen Zustand, in den ich während des langen Gehens geriet, in Erinnerung zu rufen versuche, stehe ich vor dem

Dilemma, dass mir wieder alles auseinanderbricht. Entweder bin ich dann noch in einem Gefühl gefangen, für das ich keine Worte finde und das also nur bloße Emotion ist, die mit einem Schlag verfliegt, ja nicht selten in schwere Müdigkeit übergeht, oder aber ich sitze da mit einer Handvoll Gedankensplitter, die sich zu nichts fügen wollen und deren Rekonstruktion zu einem Ganzen mir so wenig gelingt, dass ich schon bald jedes Interesse an ihnen verliere. Anderntags versuche ich dann jedes Mal erneut, mich genauer zu beobachten. Jäh fahre ich plötzlich auf, während mein Zustand gerade am heftigsten ist, und frage mich, was ich soeben gedacht habe, oder ich versuche, mir die Empfindung, die ich spürte, zurückzuholen, um sie einmal mit Verstand zu analysieren. Doch augenblicklich versiegt der mich durchfließende Bewusstseinsstrom, und es ist ähnlich, als ob mein Leben sich aufspaltete in eine Welt der Bedeutung und in eine der Zeichen. Ganz vermittlungslos stehen sie sich gegenüber. Die Bedeutung ergreift mich so unmittelbar, dass ich nicht selten in Euphorie gerate. Doch in meinem Zimmer fühle ich mich stets wie zurückgekehrt in die Welt der bloßen Zeichen, eine Welt, in der ich mich aber unfähig fühle, vermittels ihrer Zeichen noch einmal die erlebte Bedeutung hervorzurufen.

Verstehe mich nicht falsch, Janine, ich meine nicht, dass ich mich bei meinen Wald- und Wiesenläufen in eine vielleicht durch höhere Sauerstoffzufuhr ausgelöste euphorische Begeisterung verrenne, für die mir dann zu Hause die Worte fehlen, sondern sowohl während des Gehens als auch danach ist mir die Sprache stets gegenwärtig, nur ist sie jedes Mal von einer völlig anderen Qualität. Während des Gehens, so konnte ich bislang bemerken, tauchen die Worte nicht in ihrer üblichen, konventionellen Verkettung auf, also nicht so, wie wir sie im Alltag gebrauchen, vielmehr erscheinen sie in Zusammenstellungen, denen die Duden-Grammatik in vielen Fällen das Urteil sprechen würde. Es ist, wenn ich es positiv ausdrücken wollte, etwas Lyrisches an ihnen. Wollte ich es aber negativ sagen, so ließen sich diese Wortverkettungen auch als die eines Verrückten begreifen, weil sie eben aus ihrem Satzgefüge verrückt sind. Vor einigen Tagen etwa ertappte ich mich dabei, dass mir ein Satz immer wieder durch den Kopf ging und mich seltsam aufwühlte. Als mir dieser Satz auch in einem Gasthaus, in dem ich ausnahmsweise zu Mittag speiste, nicht aus dem Kopf gehen wollte, ließ ich mir Papier und Bleistift bringen und schrieb ihn auf. Als ich ihn dann abends auf meinem Zimmer noch einmal hervorkramte und las, ging er jedoch, ohne dass er auch nur die geringste Empfindung in mir auslöste, geradewegs durch mich hindurch. Schon wollte ich ihn verärgert fortwerfen, als ich plötzlich bemerkte, dass ich ihn falsch aufgeschrieben hatte. Es fehlte nämlich gewissermaßen der Rhythmus, in dem er sich mir am Nachmittag aufgedrängt hatte.

Ich nahm also erneut einen Stift zur Hand und brach den Satz in zwei Verse. Augenblicklich hatte ich da meine Empfindung vom Nachmittag zurück. Aber was sollten diese Worte dort vor mir auf dem Papier, was wollten sie vor allem bedeuten? Ich wusste es nicht, wusste nicht, was sie bedeuten sollten, wusste nur, *dass* sie bedeuteten. Mehr noch, ich spürte, dass sie erst der Anfang von etwas waren, das noch im Verborgenen ruhte. Irgendwo in mir gab es noch weitere Worte, die sich an diese Verse anschließen wollten. Ich spürte sie in einer fast körperlichen Intensität, aber ich vermochte sie nicht zu sagen. Stunden saß ich vor meinem Blatt Papier, aber alles, was ich zustande brachte, waren Bleistiftpunkte, die wie winzige Samenkörner waren, aus welchen aber nichts sprießen wollte.

Da erinnerte ich mich meines alten Diktiergerätes, das ich aus Gewohnheit schon seit Jahren in meiner Jackentasche aufbewahre. Es stammt noch aus der Zeit meiner Bürotätigkeit. Allerdings waren die Batterien so schwach, dass ich zunächst neue besorgen musste, was sich als schwierig erwies. Meine Wirtin half mir jedoch mit zwei Batterien aus, die sie der Fernbedienung ihres Fernsehers entnahm.

Als ich am anderen Tag wieder eine meiner ziellosen Wanderungen aufnahm, steckte ich das Diktiergerät also vorsichtshalber ein. Ich hoffte, sollten mich wieder einige Worte überfallen, diesen gleich vor Ort habhaft zu werden. Aber zunächst war es nicht leicht, mein inneres Sprechen in ein äußeres zu verwandeln. Ich kam mir reichlich idiotisch vor und hatte vor allem Angst, von jemandem gehört zu werden. Sobald ich einen Satz, der mir durch den Kopf gegangen war, laut vor mich hinsprach, schien er sich darüber hinaus verändert zu haben. Er war nicht mehr derselbe. Die Konturlosigkeit des inwendig gesprochenen Satzes, seine Durchlässigkeit und damit gewissermaßen höhere Bedeutungsfähigkeit, schien augenblicklich harte Grenzen zu bekommen, schien sich eindeutig zu verdichten und sich gegen kontextuelle Anschlüsse zu versperren. Ich erinnerte mich dabei merkwürdigerweise an das Bleigießen in der Silvesternacht, wenn das flüssige Blei auf dem Löffel eine Weile noch alle Möglichkeiten der Gestaltwerdung in sich vereint, bevor es sich in einem lauten Aufzischen nur eine davon auswählt, deren Verwirklichung gleichzeitig den Verlust aller potenziellen Möglichkeiten bedeutet. Das Diktiergerät in der Hemdtasche erinnerte mich überdies pausenlos daran, dass mein Gehen heute zum ersten Mal nicht ganz uneigennützig war, und ich bemerkte, dass der erwartete Zustand ausblieb, weil er sich wohl nicht zwingen lassen wollte. Mir war sogar zwischen all den Bäumen und Gräsern ein wenig langweilig, und ich schlug vorwiegend solche Wege ein, die Abwechslung statt zunehmende Einsamkeit versprachen. Schließlich landete ich vor einem Ausflugscafé, das den Wanderern mit Kaffee, Kuchen und Wein aufwartete. Ich setzte mich unter eine große Linde, deren Blätter von der Sonne so hell durchleuchtet wurden, dass sich in ihrem Grün deutlich die dunkleren Adernetze abzeichneten.

Ich bestellte einen Viertelliter Rotwein und lauschte den Gesprächen am Nachbartisch, in denen es um banale Dinge wie Zinsrückzahlung und Kreditgeschäfte ging. Der Rotwein und das durch die Linde gefilterte Sonnenlicht versöhnten mich wieder und halfen mir über meinen Missmut hinweg. Seit jeher finde ich, dass etwas sehr Verheißungsvolles darin liegt, wenn ein Sonnenstrahl in einem Glas mit Rotwein aufleuchtet. Vielleicht, weil Rotwein mich stets an Blut erinnert, an das physische Dunkel meines Körpers, und sich in dem Sonnenstrahl die Hoffnung ausspricht, dieses Dunkel möchte sich eines Tages erhellen und sich in eine lichte und schöne Transparenz auflösen. Jedenfalls ließ ich mir noch ein weiteres Glas Rotwein kommen, und als ich kurz darauf meinen Weg fortsetzte, fühlte ich mich so leicht und beschwingt, als ob ich an diesem Tag noch Hunderte von Kilometern hätte gehen können. – Doch schon wenig später, als die Wirkung des Alkohols nachließ, überfiel mich eine bleierne Müdigkeit, und ich musste mich auf eine Bank setzen, um mich ein wenig auszuruhen. Ich fiel in einen leichten Schlaf, aus dem ich völlig verschwitzt erwachte. Rings um mich her begann es bereits zu dämmern, und ich beeilte mich, auf einen Weg zu finden, der mich zurück zu meinem Gasthof bringen würde. Ein leichter Abendwind war aufgekommen, der mir rasch den Schweiß trocknete. Doch meine Müdigkeit zog sich nur zäh aus mir zurück. Aber nach einigen Kilometern, die ich sehr schnellen Schrittes gegangen war, belebten sich Körper und Geist aufs neue, und ich spürte, dass sich in meinem Kopf wieder Worte einzustellen begannen, die mit meinem erfrischten Zustand korrespondierten.

Ich ging durch ein Tal, rund um mich her dichter Kiefernwald, so dass es war, als ob die Nacht sich hier bereits wie in einem gigantischen Kessel zu sammeln begonnen hätte, um dann langsam an den Waldhängen wie aufschäumende schwarze Milch empor zu kochen.

Mit der hereinbrechenden Dunkelheit wurde es auch zunehmend frischer, und unwillkürlich lief ich noch schneller, um gegen die unangenehme Kühle Körperwärme zu erzeugen. Als es dann aber wieder bergauf ging, brach mir erneut der Schweiß aus, und ich musste mein Tempo drosseln, um nicht nassgeschwitzt in der nächsten Talsenke zu stehen und mich zu erkälten. Immer noch arbeitete in mir eine nebelhafte Sprache.

Beim langsamen, fast anstrengungslosen Aufstieg aber schälte sie behutsam feste Ränder und Begrenzungen aus sich heraus, bis deutliche Worte vor mir standen, die sich auch beim halblauten Aussprechen nicht verflüchtigen oder sich gar in lichtlose Petrefakte verwandelten. Die Worte blieben vielmehr durchlässig. Vorsichtig, als ob ich nach meiner Kamera griffe, um einen seltenen Falter zu fotografieren, zog ich das Diktiergerät aus der Brusttasche und drückte behutsam die Aufnahmetaste. Und während sich das Band mit einem kaum vernehmbaren Summen in Bewegung setzte, flüsterte ich eine Reihe von Worten, die mir, während ich sie sprach, fremd und zugleich vertraut vorkamen.

Erst als ich sie mir dann später in meinem Zimmer noch einmal zu Gehör brachte, erschienen sie mir wie etwas Zugefallenes, das jedoch noch von einigen Schlacken befreit werden musste, um erkannt werden zu können. Dabei machte ich zunächst mehrfach den Fehler, alles, was ich als sinnlos empfand, wegzulassen und nur das dem konventionellen Verständnis sogleich Zugängliche aufzuschreiben. Was vor mir auf dem Papier Gestalt annahm, waren Banalitäten, umgangssprachliche Floskeln, deren Satzbau lediglich ein wenig durcheinandergeraten schien. Schließlich aber bemühte ich mich, gerade das herauszuschreiben, was ich nicht verstand, und es als eine neue Sinnmöglichkeit zu sehen, deren Besonderheit nur dort zutage trat, wo die Allgemeinplätze fortgeräumt waren. Und so entstanden im Laufe mehrerer Tage eine Reihe von winzigen Texten, die halb dem Zufall, halb der Reflexion entsprangen und von denen ich Dir vielleicht demnächst den ein oder anderen zusenden werde.

3 Russische Bären

Als ich heute Nachmittag den Gasthof verließ, war die Luft so schwülwarm, dass sie mir in Sekundenschnelle Hemd und Hose fest mit der Haut verklebte.

Mühsam ging ich den Waldweg hinauf, durch die junge Tannenschonung auf den ausgefahrenen Wegen immer weiter aufwärts, bis ich hoch über dem See auf eine offene Wiese trat.

Myriaden von Trauermücken und Gewittertierchen bevölkerten mir dort die nackten Arme. Und mehrere Exemplare des Großen Wiesenknopfs zu meinen Füßen erschienen mir wie aufgestielte Blutgerinnsel in einem medizinischen Kabinett.

Der Himmel hatte sich weißlich eingefärbt, doch nahm das Weiß im Osten bereits einen Stich ins Rosa-Violette an.

Weiter hangaufwärts trat ich in den Laubwald ein. Dunkelblaue Waldakelei nickte mir warnend zu. Zwischen den Stämmen der Bäume wurde die Luft noch drückender. Schweißperlen tropften mir aus den Haaren auf die Brille. Ich versuchte, die Gläser mit dem Zipfel meines Hemds zu reinigen, aber als ich die Brille wieder aufsetzte, lag die Welt wie hinter Milchglas.

Einige Amseln scharrten neben mir im trockenen Laub des Vorjahrs, und für einen Moment glaubte ich, es seien Ratten. Dann krächzte mich ein Eichelhäher böse an. Gleichzeitig erhoben sich ein paar Tauben aus den Baumkronen und flogen mit klatschendem Flügelschlag davon.

Eine dumpfe, öde Stille setzte ein.

Auf dem Kahlschlag wuchs Roter Fingerhut. Seine obersten Blüten leuchteten wie die Notausgangslichter auf einem Schiff.

Hinter dem Kahlschlag traten die Bäume des Waldes dichter und dichter zusammen. Grünbemooste Stämme rieben sich knarrend aneinander, flüsterten leise Unverständliches von Krone zu Krone.

Auf der Passhöhe schließlich brachen massive Felsformationen aus dem harten Boden, freigelegten Gebeinen gleich. Dazwischen krümmten sich ausgeblichene Findlinge wie nackte Rücken, Beckenschaufeln und Schädelplatten.

Da ich oben wieder aus dem Wald trete, hängt der Himmel über mir wie eine kosmische Panzerplatte, die die Landschaft im nächsten Moment tief in den Boden drücken wird. Über den Bergen aber frisst sich in das Grau eine schieferfarbene Dunkelheit. Das Dorf unten im Tal mit seinem weißen Kirchturm flimmert vor den Augen, als ob es unter Wasser läge. Jetzt läuten auch noch die Abendglocken, rumpelnd, dröhnend und eigentümlich verstimmt wie schwingende, gegeneinanderschlagende Blechfässer.

Vor mir grasüberwachsene Wege, gesäumt von Ginsterbüschen mit schwarzbraunen flachgedrückten Schoten, die gestern noch munter in der Mittagshitze zerplatzten; dazwischen dichter Schwarzdorn, in dem die Netze der Schwammspinnerraupe hängen, und in dem sich einige Meisen eingefunden haben, die heftig miteinander zetern, weil jede von ihnen so tief wie möglich in der geschützten Mitte sitzen möchte.

Dann ein leiser Windstoß, noch zaghaft, schüchtern.

Nur die Wildgräser scheinen ihn wahrzunehmen, denn in sie bricht plötzlich eine Wellenbewegung ein, sanft zwar, aber dennoch werfen sich alle Halme zugleich nach vorn wie in einer ängstlichen und ehrfurchtsvollen Massenverbeugung, um sogleich wieder zurück zu pendeln und ins Gleichgewicht zu wippen, als ob nichts gewesen wäre.

Einige der gelben Falter erheben sich aus der Wiese und taumeln in den Wald.

Auf den fernen baumbestandenen Bergen fließt das Grün aus der Vegetation, und die Hochspannungsmasten, die durch eine Lichtungsschneise talabwärts ziehen, glänzen metallisch auf wie die mächtigen Masten und Rahen einer schwimmenden Armada.

Ein zweiter Windstoß, heftiger als der erste, lässt jetzt auch die Ginsterbüsche zittern. Die schwarzbraunen Früchte vibrieren ängstlich. Und um mich her beginnt ein Heer aus Klatschmohn, Margeriten und Kornblumen auf und ab zu wogen. Ich pflücke eine der Margeriten und erinnere mich ihres anderen Namens: Orakelblume. Und wie ich ihren dumpfen Duft einatme, eine Mischung aus kräftiger Blumennote und nassem Hundefell, wachsen Mauern um mich herum, schließen mich ein in einen winzigen Raum ...

... und in den Margeritenduft fließt der Geruch von schimmeligen Kartoffeln, Petroleum und Sauerkraut.

Meine Mutter sitzt auf einem kopfstehenden Zinkeimer. Meine Großmutter auf einem ausrangierten Klavierhocker, dessen wattierter Lederbezug an mehreren Stellen kreisförmig aufgeplatzt ist, als ob winzige Granaten in ihm detoniert wären. Und ich hocke auf einem steinernen Sauerkrautfass, dessen Holzdeckel sich durch die Feuchtigkeit verbogen hat, so dass das Fass bei der kleinsten Bewegung säuerlich ausatmet.

Nebenan, einen Verschlag weiter, hinter senkrechten Holzlatten, die durch ein eisernes Z zusammengehalten werden, sitzen der alte Kruse und seine Tochter. Der Alte flucht ununterbrochen, weil seine Tochter vergessen hat, ihm die Tabakpfeife einzupacken.

Meine Mutter tippt sich an die Stirn und lächelt.

Ich starre auf Großmutters dunkelrote Pantoffeln, deren Plüschbesatz fast vollständig abgeschabt ist. Ihre grauen Strümpfe haben Löcher und darunter sieht man den Verband, mit dem sie ihre Beine jeden Morgen einwickelt. Es heißt, sie habe offene Beine, und ich stelle mir das so vor, dass man ihr, wenn man den Verband löste, direkt auf die weißen Knochen sehen könnte.

Neben mir steht ein Korb mit Margeriten. Meine Mutter hat ihn auf dem Fahrrad mitgebracht. Gedankenlos zupfe ich an den Blüten. Blütenblatt um Blütenblatt taumelt auf den von Kohlenstaub schwarzen Kellerboden, weißen, in die Hölle gestürzten Engelchen gleich.

Was soll das? fragt meine Mutter barsch und tut, als wollte sie mir eins auf die Finger geben. Doch ich lasse mich nicht stören und spreche halblaut vor mich hin: Es trifft uns – es trifft uns nicht – es trifft uns ...

Hinter den Bergen, dort, wo der Wald mit dem Himmel schwarzgrau verschwimmt, als sollten alle Farben zu einer werden, donnert es jetzt heftig.

Ich überlege, ob ich zurück in den Wald laufen soll, aber der Wald ist in so ein beängstigendes Dunkel getaucht, in so ein Kellerdunkel, in so ein Licht-aus-der-Feind-kommt-Dunkel. Ist da nicht schon dieses Pfeifen in der Luft, dieses lange schrille Pfeifen, wo man den Kopf zwischen die Knie nehmen und den Mund öffnen soll? ...

... und mit der rechten Hand zur Feuerpatsche gegriffen, als ob es gelte, ein lästiges Insekt zu vertreiben und keine zentnerschwere Brandbombe, die fällt und fällt und fällt.

Blöde Ziege, schimpft der alte Kruse immer noch, und die abgestürzten Engelchen bekommen eins mit der Feuerpatsche, da, da und da, bis der Kohlestaub ihre Flügelchen bedeckt, bis sie dunkel überpudert sind wie die dicken schwarzbraunen Nachtfalter, die sich tagsüber im Badezimmer zwischen den Handtüchern verstecken. Und will man sich abtrocknen, flattern sie plötzlich aufgeschreckt durch den Raum, taumeln einem gegen den nassen Körper, stürzen ins Badewasser und drehen dort noch eine halbe Stunde lang ihre Kreise, bis sie vor Erschöpfung ertrunken sind.

Himmel! ruft meine Mutter.

Kopf runter! schreit meine Großmutter.

Und der alte Kruse sagt: Jetzt erwischt's uns.

Aber ich brülle dazwischen: Es trifft uns nicht, es trifft uns nicht, denn so hat es mir die Orakelblume geweissagt, und ich schlage noch wilder auf die Blütenblätter ein. Und dann wird das Pfeifen zu einem Kreischen, gefolgt von einem gewaltigen Krachen, einem Bersten von schweren Holzbalken und einem Splittern von Glas. Und schließlich ist da ein Knistern, ein gewaltiges Knistern, als ob Gott die ganze Welt in Seidenpapier einpacken wollte, alle Häuser, alle Straßen, unsere ganze Stadt.

Meine Mutter klettert auf die Kohlenhalde. Eierkohlen purzeln durch den Keller, bleiben wippend um mich herum liegen. Sie reißt die Wolldecke vom Kellerfenster und schreit: Hellmanns hat's erwischt! Und ich denke an Alfred Hellmann, meinen Freund Alfred Hellmann, der mir noch am Nachmittag Bilder gezeigt hatte von halbnackten Frauen in durchsichtigen Kleidern, die lächelnd an langen Zigarettenspitzen saugten, einige hatten sogar ganz nackt auf einem großen Sofa gesessen, und man konnte ihre schwarzen Dreiecke zwischen den Schenkeln sehen, und ich denke, jetzt bekommt Alfred seine Strafe, weil Gott eben alles sieht und alles weiß.

Du hättest es nicht tun dürfen, Alfred, flüstere ich. Du hättest es nicht tun dürfen. Aber niemand hört mich. Nur ich höre mich. Und ich frage mich jetzt, was denn, was hätte Alfred nicht tun dürfen. Und dann denke ich, Gott übertreibt, er übertreibt ganz entsetzlich. Die Strafe ist viel zu hoch und ungerecht.

Da ruft der alte Kruse, dass er raus will aus dem Loch, sofort, dass er nicht lebendig geröstet werden möchte. Und auch meine Großmutter ist aufgesprungen und betet laut das Vaterunser.

Schließlich heulen die Sirenen Entwarnung.

Wir stolpern die Kellertreppe hinauf wie Höhlenmenschen, die zum ersten Mal nach Wochen Tageslicht sehen, aber es ist rotes, blutiges Licht, das flackernd auf allen Häuserwänden um uns herum liegt.

Und als wir auf die Straße laufen, schlagen uns beißende Qualmwolken entgegen. Hellmanns Haus brennt vom Keller bis zum Dachstuhl. Flammen züngeln aus den zerbrochenen Fenstern. Menschen sind zusammengelaufen. Die halbe Nachbarschaft findet sich ein, ruft, schreit. Dachziegel rutschen vom Dach, zerschellen auf dem Gehweg. Die Feuerwehr fährt vor. Der große rote Spritzenwagen. Schläuche spulen sich ab, schlängeln sich durch Berge aus Schutt. Aus silbernen Düsen schießt Wasser.

Und ich denke, wie angenehm es für Alfred Hellmann sein muss, wenn jetzt das kalte Wasser auf ihn niedergeht, wenn die Flammenglut um ihn her zischend verlöscht, wenn der Ruß ihm aus den Augen gespült wird, aus den Haaren, aus den Kleidern. Und ich kann nicht anders, ich glaube, die Feuerwehr sei nur dazu da, um Alfred Hellmann ein zweites Mal zu taufen. Ja, ich bin mir sicher, es ist Taufwasser. Gott will, dass Alfred Hellmann noch einmal ganz von vorn anfangen darf, schuldlos wie am ersten Tag. Und die Fotos werden für immer verbrannt sein, niemand wird sie jemals wieder zu Gesicht bekommen ...

... und dann bricht der Regen los, inmitten der Ebene stürzt er auf mich herab, ohne Vorwarnung, ohne die vereinzelten schweren Tropfen, die ihm normalerweise vorausgehen. Meine Brille wird unbrauchbar. Ich stecke sie in die Hemdtasche. Der Regen peitscht kalt auf meinen Rücken ein, ich hole tief Luft. Er trommelt auf die Ginsterbüsche und auf den Schwarzdorn, prasselt auf das Laubdach des nahen Waldes, hämmert senkrecht von oben auf den Klatschmohn, die Margeriten und Kornblumen.

Und dann schießen vereinzelte Hagelkörner nieder, groß wie Backenzähne. Sie schlagen blitzartig durch die

Blüten des Klatschmohns, dass die roten Fetzen fliegen.

Wasser rinnt mir aus den Haaren ins Ohr, in den Nacken, den Rücken hinunter. Der grasbewachsene Weg vor mir wird zu einer kleinen Seenlandschaft. Ich patsche durch Pfützen vorwärts.

Die Wildgräser haben sich flach an den Boden gelegt, ducken sich vor den schweren Tropfen und dem Hagel, der ihnen das Genick durchschlagen könnte, wenn sie standhaft blieben.

Ein gewaltiges, sich immer mehr steigerndes Rauschen setzt ein, und weil ich nicht mehr weiß, ob ich vorwärts oder rückwärts gehen soll, trete ich auf der Stelle, schneller und schneller, immer auf denselben Fleck ...

... und es erlöschen die Flammen und weiße Wasserdampfwolken hüllen das Haus in ein urweltliches nebelhaftes Schweigen. Aber Alfred Hellmann tritt nicht vor die Tür. Und auch seine Mutter kommt nicht heraus, seine Großeltern nicht, und auch seine Schwester Margret nicht. Es kommen nicht die Kopetzkis mit ihrem Hund Mesa, nicht die Niehoffs und auch nicht die dicke lustige Herlinde, die so schön Akkordeon spielen konnte, ein Mannweib, wie meine Mutter sagte, so dass ich jahrelang glaubte, sie hieße Herr Linde.

Das Wasser wird abgestellt. Der Rauch verzieht sich. Die Menschen treten enger zusammen, flüstern, warten, schütteln die Köpfe. Im ausgebrannten Haus wird gehämmert und gemeißelt.

Dann kommen die Männer mit den ersten triefnassen, in Wolldecken gewickelten Leichen, als ob die

Toten im Feuer ertrunken wären. Und eine Hand legt sich auf meine Schulter und schiebt mich sanft aber bestimmt ins Haus.

Später liege ich auf dem Sofa, in der Nase immer noch den beißenden Qualm des brennenden Hauses. Nebenan gehen die Aufräumarbeiten weiter. Niemand glaubt mehr, dass noch jemand lebendig geborgen wird. Doch dann gibt es wieder Geschrei, Rufen, und es entsteht ein Tumult vor meinem Fenster.

Ich springe auf, und ich sehe, dass sie Alfreds Schwester Margret heraustragen. Sie legen sie wie eine große Schaufensterpuppe mit angesengten Haaren und einem schmutzigen Kleid in unseren Vorgarten, und meine Mutter wäscht ihr mit einem Waschlappen vorsichtig das verrußte Gesicht.

Margret lebt. Und es lebt der Hund Mesa, dessen Fell zur Hälfte verkohlt ist und der leise winselt, als sie ihn auf eine Decke neben Margret legen.

Später stellt sich heraus, dass Margret dem Hund gefolgt ist, der instinktiv, als die Bombe fiel, unter der steinernen Kellertreppe Schutz gesucht hatte.

Von den anderen aber überlebt niemand.

Noch aber tropfte es aus den Buchen, als ich hangabwärts ging. Die ersten zaghaften Stimmen der Vögel riefen schon wieder nach ihren verlorengegangenen Partnern. Der Waldweg hatte alles Wasser aufgesaugt und federte unter meinen Füßen wie eh und je. Nur an einigen Stellen hatten Sturzbäche, die aus höheren Regionen kamen, kleine Tümpel entstehen lassen, über denen jetzt die Mücken tanzten.

Meine durchnässte Kleidung hing mir so schwer vom

Körper herab, als ob alle Nähte aus Stahlwolle gemacht wären.

Ich hoffte, dass sich die Sonne bald wieder blicken ließe. Doch erst als ich den Wald ganz durchquert hatte und fast im Tal angekommen war, brachen die ersten noch zaghaften Strahlen hinter der abziehenden Wetterfront hervor.

Es war kaum kühler geworden. Die Sonne nahm schnell an Kraft zu, und schon kurz darauf dampfte es um mich her, als ob überall warme Quellen aus der Erde hervorgebrochen wären.

Immer noch lag das Land unter einer schweren Dunstglocke. Das Atmen war noch mühseliger als zuvor. Den Pflanzen aber schien das Klima zu behagen.

Am Rande des Waldes zeigte mir Wald-Ziest seine kleine rote Zunge. Und hinter der nächsten Wegbiegung säumte im gleißenden Sonnenlicht Wasserdost den Pfad. Schon von weitem bemerkte ich, dass etwas zwischen den purpurroten Blüten hin und her flatterte, so, als ob die Blüten selbst in Bewegung wären.

Als ich näherkomme, begreife ich zunächst nicht, dann aber wird es mir schlagartig klar: Russische Bären, wohl einige hundert; sie sind hier auf Nektarsuche. Zunächst denke ich, es könnten auch Schönbären sein, aber dann sehe ich deutlich, dass die schwarzglänzenden Vorderflügel nicht von gelb-weißen Flecken geziert, sondern von Binden durchzogen werden, die an die Tarnfarbenzeichnung von Panzern erinnern.

Manche der Falter halten sich zu einem langschenkligen Dreieck geschlossen und haben die Form von Düsenflugzeugen. Fliegen sie aber auf oder fühlen sie sich bedroht, so lassen sie ihre roten Hinterflügel sehen, die wie mit schwarzen Tintenflecken bekleckst sind.

Die Falter sind nicht scheu. Wenn man sich langsam auf sie zubewegt, kann man sie sogar mit dem Finger berühren, wobei sie aber sogleich ihre Alarmfarbe aufblitzen lassen.

Immer tiefer gerate ich in den Wasserdost, verharre bewegungslos und betrachte die Falter.

Dann aber rollt noch ein verspäteter Donner in der Ferne ...

... und Panzer fahren durch die Straßen, und von weit her hört man das Knattern von Maschinengewehren.

Der Keller bebt, meine Mutter bebt, meine Großmutter bebt, Margret bebt, die eingekochten Äpfel, Kirschen und Pflaumen auf den Holzregalen beben, und ich weiß, das ist *Der Iwan*. Denn von ihm sprechen sie seit Tagen. Wie eine Drohung liegt sein Name in der Luft. Wenn *Der Iwan* erst kommt! Jetzt ist er da, die Straßen zittern unter seinen Panzerketten. Motorräder heulen am Kellerfenster vorbei. Eine Megaphonstimme krächzt, alle sollen in den Häusern bleiben. Dann hört man schwere Lastkraftwagen vorfahren. Die Motoren trommeln dazu wie Holzklöppel auf Blech. Türen schlagen zu. Ein paar Frauen kreischen, und raue Männerstimmen erteilen Befehle. Alle zittern wir vor Angst. Nur der alte Kruse macht wieder Zicken.

Verdammte Rotarmistenschweine, ruft er immerzu, und seine Tochter weiß nicht mehr, wie sie ihn beruhigen soll.

Der Russe versteht uns sowieso nicht, beschwichtigt meine Großmutter und winkt ab.

Und dann vergehen Stunden, in denen unsere Phantasie sich aus den Geräuschen, die von draußen zu uns ins Dunkel dringen, ein apokalyptisches Bild malt, das einem Hieronymus Bosch zur Ehre gereichte. Schließlich aber hören wir Schritte oben im Haus. Der Hund Mesa beginnt, böse zu knurren, doch Margret kann ihn beruhigen.

Jemand öffnet die Kellertür. Schwere Schritte auf den alten Holzstufen. In meinem Kopf schreitet Luzifer mit einem Stab grauenerregender Ausgeburten zu uns herab. Kann ich nicht sogar hören, wie sein langer schwerer Mantel über die Treppe schleift? Dann erfüllen nie gehörte Worte aus Rachen- und Kehlkopflauten die Luft. Ich glaube, Schwefel zu riechen. Meine Großmutter schlägt sich die Hände vors Gesicht, als ob der Antichrist sie so nicht sehen könnte. Schon aber zeigt sich das Zepter des gefallenen Engels vor unserem Bretterverschlag, oder ist es doch nur der Lauf eines Maschinengewehrs?

Selbst der alte Kruse nebenan ist mucksmäuschenstill geworden.

Ein grauer Mantel erscheint, eine hohe Fellmütze, an deren Stirnseite ein mattroter Stern befestigt ist, der an ein in Staniolpapier eingepacktes Schokoladenstückchen aus der Adventszeit erinnert.

Als die graue Gestalt uns zitternd auf dem Kellerboden kauern sieht, beginnt sie plötzlich laut zu lachen, aber es ist kein Teufelslachen, nicht einmal mehr ein Männerlachen, sondern es ist das Lachen eines Jungen.

Der fremde Soldat ist höchstens sechzehn Jahre alt. Er redet auf uns ein, und es klingt, als ob er uns beruhigen wollte. Aber dazwischen schlägt er immer wieder Töne an, von denen man nicht weiß, was man von ihnen halten soll.

Schließlich hört der Soldat auf zu lachen und geht auf Margret zu, streckt seine Hand aus, berührt sie vorsichtig im Gesicht, dort, wo sich eine rotschimmernde Brandnarbe von der Schläfe bis zur Wange erstreckt.

Sein Zeigefinger gleitet ein paarmal hinauf und hinab, dazu murmelt er Worte, als ob er ein Kindergedicht aufsagte. Gleichzeitig jedoch blickt er mich an, zeigt auf Margret und wiederholt immer wieder dasselbe Wort. Ich nicke heftig mit dem Kopf, weil ich zu ahnen glaube, was er meint. Er gibt mir den Rat, gut auf sie aufzupassen. Wenigstens glaube ich, ihn so verstehen zu dürfen. Ich schwenke ein paarmal drohend die Feuerpatsche, und der Soldat nickt mir begeistert zu. Schließlich hängt er sein Maschinengewehr über die Schulter und macht Gesten, als ob er aus einem imaginären Glas trinken würde.

Ich glaube, der hat Durst, sagt meine Großmutter, die sich wieder beruhigt zu haben scheint, und nimmt aus dem Kellerregal eine Flasche mit Himbeersaft, eigentlich ist es aber Sirup, den man unverdünnt nicht trinken kann.

Der Soldat greift die Flasche, knackt den Verschluss auf, nimmt einen tiefen Schluck und verzieht das Gesicht. Heftig schüttelt er den Kopf, spuckt prustend auf den Boden und sagt etwas, das wie *Wodka* klingt. Jetzt weiß meine Großmutter: Der will Schnaps, und sie zieht eine andere Flasche aus dem Regal. Darin befinden sich Mirabellen mit Korn und Zucker.

Der Soldat trinkt wieder, scheint zufrieden und ruft

irgendetwas nach oben in die Wohnung hinein. Eine andere Stimme antwortet ihm, und er zeigt auf die restlichen Flaschen, die im Kellerregal stehen. Meine Großmutter packt ihm so viel Flaschen auf wie möglich.

Hier, sagt sie, deutscher Wodka, und der Soldat lässt sich die Flaschen in den Arm legen. Und meine Großmutter steckt ihm noch eine in jede Manteltasche.

Der Soldat schüttelt sich vor Lachen, und eine der Flaschen rutscht ihm aus der Armbeuge und zerschlägt auf dem Kellerboden. Sogleich ist der ganze Raum erfüllt vom Duft der Mirabellen. Schließlich steigt der Soldat wieder die Kellertreppe hinauf, und wir hören, wie es oben lautes Gelächter gibt. Jemand hat unser Grammophon angekurbelt, und der Radetzkymarsch krächzt durchs ganze Haus.

Seitdem mein Vater fort ist, liegt diese Platte auf dem Grammophonteller. Am Abend, bevor er seinem Stellungsbefehl nachkam, ließ er sie wieder und wieder abspielen und marschierte mit mir zusammen durchs ganze Haus. Er war guter Dinge, und man hätte glauben können, er ziehe nicht in den Krieg, sondern fahre in Urlaub an die Ostsee. Ein paarmal hat er uns dann noch geschrieben, dann hieß es, er sei vermisst.

Jetzt bemerken wir schweres Getrampel von oben, als ob dort gesprungen würde.

Kosaken tanzen gern, sagt meine Großmutter, und es klingt fast wie eine Entschuldigung.

Margret aber ist so dicht an mich herangerutscht, dass ihr kurzer Bürstenhaarschnitt ab und an meine Schulter streift. Und ich wünsche mir plötzlich, die Kosaken, die in Wahrheit gar keine Kosaken sind, möchten noch wilder tanzen.

Später hält ein Wagen mit quietschenden Reifen vor dem Haus. Wir hören, wie oben geflucht wird und die Nadel des Grammophons kreischend über die Platte rutscht. Dann wird es totenstill.

Erneut hören wir Schritte auf der Kellertreppe. Ein anderer Soldat erscheint, ohne Mantel, mit einer sauberen Uniform bekleidet. Er salutiert und entschuldigt sich in gebrochenem Deutsch für die Unordnung, die seine Soldaten angestellt haben. Dabei bemerkt er, dass er in der Pfütze aus klebrigem Mirabellenschnaps steht und tritt unwillig von einem Bein auf das andere. Wir könnten wieder in unsere Wohnung zurückkehren, sagt er noch, es bestehe keine Gefahr für uns, dann verlässt er hastig den Keller.

Jetzt kann ich auch einen Schluck gebrauchen, sagt meine Großmutter und zieht die letzte Flasche Mirabellengeist aus dem Regal. Sie öffnet sie, stützt einen Arm in die Hüfte und setzt sich die Flasche wie eine verschlagene Marketenderin an die Lippen. Dann reicht sie die Flasche an meine Mutter weiter ...

... und ich schraube die kleine Kornflasche wieder zu, die ich in einem Supermarkt erstanden habe, und betrachte abermals die Russischen Bären. Diese Farben, denke ich, diese schwarz-rot-gelben Farben, was soll ein Nachtfalter mit ihnen? Und überhaupt, was treiben die Nachtfalter hier am helllichten Tag?

Aber die Fragen waren natürlich falsch gestellt, denn eigentlich hätte ich fragen müssen, was uns berechtigt, von Tag- und Nachtfaltern zu sprechen, wo die so Bezeichneten doch zu einem guten Teil gar nicht ein ihrem Namen entsprechendes Verhalten weder an den

Tag noch an die Nacht legen. Aber noch bevor ich darauf eine Antwort gefunden hatte, stellte sich schon der nächste Donner ein. Fast gleichzeitig färbte sich der Himmel erneut milchweiß, die Luft wurde wieder schwüler und die Gruppe Russischer Bären flog auf und taumelte davon.

Ich verließ den Wasserdost und eilte schnell weiter hangabwärts, denn plötzlich befiel mich die Furcht, ich könnte ein zweites Mal in das Gewitter geraten. Denn es war, als ob die dunklen Wolken etwas vergessen hätten. Erneut rollten sie über den Bergen heran. Und auf einmal wusste ich, was sie vergessen hatten: Sie hatten mich vergessen! Ein Blitz würde mich treffen und mich in eine Feuersäule verwandeln. Ich würde brennen wie Alfred Hellmann gebrannt hatte und wie all die anderen gebrannt hatten. Kein Regenguss würde mich rechtzeitig löschen, keine zweite Taufe würde mich von allen Sünden befreien. Denn plötzlich wusste ich es wieder: Ich war es, der die Schuld am Tod Alfred Hellmanns und seiner Familie trug.

An jenem Nachmittag nämlich, da mir Alfred in der Gartenlaube die Bilder gezeigt hatte, verriegelte ich die Laubentür fest hinter uns und steckte den Schlüssel in meine Hosentasche. Wir hatten höchstens erst die Hälfte der Fotografien betrachtet, als der Fliegeralarm einsetzte. Alfred sprang sofort auf, raffte die Bilder zusammen, steckte sie in seinen Hosenbund und sagte, dass er augenblicklich gehen müsse. Ich hielt ihn jedoch zurück und wollte erst noch die restlichen Fotos sehen.

Unmöglich, sagte Alfred, ich muss bei Alarm jetzt sofort nach Hause. Ich gehe mit meiner Mutter, Margret und den beiden Alten neuerdings in den Keller der Textilfabrik. Meine Mutter fühlt sich im Haus nicht mehr sicher.

Das ist doch dumm, entgegnete ich, wenn die etwas bombardieren, dann zuerst die Fabrik. Zuhause ist es viel sicherer.

Doch Alfred wollte sich auf keine Diskussion einlassen und versuchte, die Tür zu öffnen.

Schließ auf!, rief er, los beeil dich!

Erst die Bilder, sagte ich.

Alfred wurde wütend. Er versuchte, mir den Schlüssel abzunehmen. Das wiederum machte mich nur noch starrsinniger. Schon rangen wir auf dem feuchten Boden der Gartenlaube zwischen Spaten, Besen, Harken, Fahrradreifen und Kisten mit eingetrockneten Tulpenzwiebeln um den Schlüssel. Aber Alfred war stärker, nahm mich in seinen berüchtigten Schwitzkasten und drohte, mir das Genick zu brechen, wenn ich nicht augenblicklich den Schlüssel herausrückte. Kleinlaut zog ich ihn aus meiner Hosentasche. Alfred nahm ihn, öffnete die Laubentür und rannte los.

Ich folgte Alfred. Die Straßen waren schon leer, die Leute waren längst in die Keller geflohen. Nur vor den Türen unserer Elternhäuser standen noch zwei Frauen.

Die eine war Alfreds Mutter, die heftig gestikulierend auf Alfred zugelaufen kam, ihm links und rechts eine kräftige Ohrfeige verpasste, und dabei laut klagte, dass es jetzt zu spät für den Fabrikkeller sei, und dass sie tausendmal gesagt habe, er solle bei Alarm sofort nach Hause kommen.

Vor unserer Haustür hingegen wartete meine Großmutter, die ebenfalls sehr aufgeregt war, sich aber auch mit meiner Ankunft nicht beruhigen wollte, da meine Mutter immer noch fehlte.

Erst als man das Brummen der Flugzeuge schon hörte, kam meine Mutter die Straße entlang geradelt, auf dem Gepäckträger einen Korb, aus dem einige langstielige Margeriten blickten.

Sie sprang vom Rad, nahm den Korb, und folgte uns sogleich in den Keller.

Der Wind läuft jetzt wieder stürmischer gegen die Büsche und Bäume. In den Kronen der Buchen krachen die Zweige.

Im Tal sehe ich plötzlich den Gasthof, in dem ich Quartier genommen habe. Er liegt im letzten Sonnenlicht. Aber der See dahinter ist schon wie flüssiges Blei, das jeden Moment über die gesamte Landschaft ausgegossen werden wird.

Blitze zucken rasch hintereinander wie fernes Wetterleuchten, aber schon dröhnt der Donner ohrenbetäubend laut.

Ich laufe, so schnell ich auf dem glitschigen Graspfad laufen kann. Rostbraune Nacktschnecken, denen ich ausweichen will, bringen mich fast zu Fall. Aber die Blitze holen mich ein, spielen über meinem Kopf, als stünde ich unter den riesigen Stahlkugeln einer gewaltigen Influenzmaschine, deren Dynamo jemand immer wütender antreibt. Dann auf einmal sind Blitz und Donner gleichzeitig da, grell flammt vor mir ein Schwarzdornbusch auf, silbrig glänzen seine kleinen Äste und Stacheln. Und der Laut, der diese Erscheinung begleitet, ist so gewaltig, dass ich zu Boden stürze und sterben zu müssen glaube.

Später erhob ich mich mühsam aus dem Dreck. Überall klebte mir warmer Lehm, sogar im Gesicht.

Ich stand noch lange da und betrachtete den Dornenbusch, der wieder Dornenbusch geworden war und wartete. Es dauerte noch eine gute Viertelstunde, bevor endlich der Regen einsetzte, dem ich mein schmutziges Gesicht entgegenhielt, um es rein zu waschen.

4 Kleidermotten

Es fiel mir leicht, meine Schuld in einer Zeit zu vergessen, die das Vergessen geradezu zelebrierte und allüberall Generalabsolution erließ, damit das sogenannte Leben weitergehen konnte. Auf den Gräbern von Millionen Toten erhob sich schon bald eine puritanische Welt der Gemütlichkeit, die in vielem fast nahtlos an die Vorkriegsjahre anschloß, als ob der Orkus, der sich dazwischen aufgetan hatte, nur eine Naturkatastrophe gewesen wäre. Und so begannen die Noch-einmal-davon-Gekommenen, ihr Leben wieder zu genießen, so wie eine Beerdigungsgesellschaft, nachdem der Tote verscharrt ist, mit großem Appetit in die belegten Brote beißt, die man ihr im nächsten Gasthaus serviert.

Weil wir nicht zu den Verlierern des Krieges gehören wollten, flohen wir schon früh aus der Sowjetischen Besatzungszone zu meiner Großmutter ins Bergische Land. Wir, das waren jetzt: die Mutter meines Vaters, meine Mutter, Margret und ich. Der Hund Mesa war im Alter von zwölf Jahren gestorben.

Zwischen Margret und mir aber hatte sich im Laufe der Zeit ein Verhältnis entwickelt, welches am Vorabend unserer Reise Richtung Wuppertal, die ein eigenes Kapitel wäre, dazu führte, dass wir uns in der leergeräumten Gartenlaube meiner Großmutter über den Boden wälzten, so, wie ich mich einst dort mit ihrem Bruder Alfred gewälzt hatte, nur, dass es diesmal nicht aus Hass, sondern aus Liebe geschah.

Leider blieb die neue Art unserer Beziehung von

meiner Mutter nicht lange unentdeckt, und so bestand sie darauf, dass wir bei meiner Großmutter im Bergischen Land die am weitesten voneinander entfernt liegenden Zimmer erhielten, die in diesem Haus zur Verfügung standen.

Ich bekam das Arbeitszimmer meines Großvaters zugewiesen, in dem noch immer sein Imkerhut und seine Pfeife hingen, jede Menge Werkzeugkisten herumstanden, abgesägte Bretter und Rohre am Boden lagen und handgeschnitzte Zwerge, Rehe, Krippenfiguren und allerlei phantasievolle Wurzelgestalten mich von Regalbrettern und Wänden ansahen. Denn mein Großvater war zeit seines Lebens ein handwerklich begabter Mensch gewesen, eine Eigenschaft, die leider, wie Du weißt, nicht an mich vererbt wurde.

Zwei Tage benötigte ich, um das Zimmer soweit herzurichten, dass zumindest Platz für eine ausklappbare Pritsche, einen Tisch und einen Stuhl war, und ich die Werkzeuge und Schnitzarbeiten an anderen Stellen im Haus untergebracht hatte. Noch bevor ich jedoch mit den Aufräumarbeiten begann, galt mein Besuch dem Bienenstock. Leider musste ich feststellen, dass die Bienen fort waren. Jene alte Eiche, die früher einmal den Bienenstock beschützte, hatte bei einem der letzten Stürme mehrere Äste verloren. Einer davon hatte das Bienenhaus schwer demoliert, und so waren die Bienen auf- und davongeflogen, und niemand hatte sich bemüht, ihr Haus zu reparieren und sie wieder einzufangen. Als ich meine Großmutter auf die Bienen ansprach, winkte sie nur ab. Honig, sagte sie, bekomme man jetzt viel preiswerter in der Stadt. Das Imkern lohne nicht mehr.

Schon bald bekam Margret eine Lehrstelle in einem Haushaltswarengeschäft, und meine Mutter wurde Serviererin in einem nahen Gasthaus. Die beiden Großmütter kümmerten sich unterdessen gemeinsam um Haus und Hof, wenn auch ihre unterschiedliche Mentalität für manchen Streit und manches Missverständnis sorgte.

Auch mir wurde der Müßiggang ausgetrieben. Aufgrund der Vermittlung eines Nachbarn geriet ich als Auszubildender an die Stadtverwaltung in Wuppertal, die damals jede Menge junger Leute suchte, weil die Verwaltung der Region von Grund auf neu organisiert werden musste. Zweimal am Tag fuhr ich die Strecke mit dem Rad. Früh morgens und spät abends. In der zweistündigen Mittagspause hatte ich Zeit, mir die Stadt anzusehen, zu lesen oder mit Kollegen ein Skatspiel zu wagen.

Überall in der Stadt lief der Wiederaufbau auf höchsten Touren. Fast die Hälfte aller Häuser, darunter fast alle historischen Bauten, waren bei Luftangriffen zerstört worden. Und sah man aus der Ferne auf die Berge zu beiden Seiten der Wupper, so schien es, als ob der Fluss gewaltige Massen von Unrat mit sich geschwemmt hätte, der jetzt überall an den Ufern herumlag und sich bis an die Steilhänge hinaufgefressen hatte. Ja, die ersten Tage hielt ich es für ganz unmöglich, dass in diesem Chaos überhaupt noch jemand den Überblick behalten konnte. Mir schien vielmehr, es wäre leichter gewesen, die Ortschaften an anderer Stelle ganz neu aufzubauen, als sie aus all den Trümmern noch einmal entstehen zu lassen.

Von unserem Gehalt kauften Margret und ich uns

schon bald einen kleinen Motorroller, mit dem wir von nun an kreuz und quer durch das Bergische Land fuhren. Manchmal ging es auch nach Wuppertal ins Kino. Aber der deutsche Film war nach seinem vielversprechenden Neuanfang an einem Tiefpunkt angelangt, und die Heide- und Heimatfilmchen hatten Hochkonjunktur. Keine zehn Jahre nach Auschwitz gefielen sich diese Streifen in einer vollständigen Gegenwartsferne, spielten sie in der scheinbar zeitlosen Epoche des Kaiserreichs oder in einer ländlichen, apolitischen Idylle und kokettierten dazu mit einer moralischen Biederkeit, die zum Erbrechen war.

Aber zugegeben: dieses Urteil habe ich mir erst viel später gebildet. Damals war es ein Spaß, ins Kino zu gehen. Denn noch hatte das ganze Drumherum, der verdunkelte Vorführraum und die versteckt ausgetauschten Zärtlichkeiten, mehr Faszination als der gezeigte Film. So verlogen diese Zeit auch gewesen sein mag, so verklemmt, prüde und zwiespältig, dass man etwa jene Sekunde, in der Hildegard Knef in der *Sünderin* nackt zu sehen war, für ethisch nicht vertretbar erklärte, während der von Adenauer ausgehandelte Vertrag mit Israel von den meisten für überflüssig und die lächerlichen 3,4 Milliarden DM Wiedergutmachung als viel zu hoch kritisiert wurden, so waren dies doch Zeiten, an die ich mich noch heute gern erinnere. In den schmalen, rechteckigen Fotoalben, die mit dicken Kordeln zusammengehalten werden, gleich auf dem untersten Brett des Bücherregals, findest Du noch eine Reihe von Bildern aus dieser Zeit. Auf ihnen siehst Du Deine Mutter in frechen Beutelhosen, die Haare streng nach hinten gekämmt, auf einem langen Grashalm kauend;

oder sie sitzt in ihrem etwas unförmigen Badeanzug auf einer karierten Wolldecke, einen geöffneten Picknickkorb vor sich, und im Hintergrund glänzt die Wupper. Ich erinnere mich auch noch des Fotos, auf dem sie auf einem kleinen Felsbrocken ruht wie jene Dame auf der Rückseite des Fünfzigpfennigstücks. Und dann noch das Bild, wo sie ihren engen Lederhelm trägt, der Riemen baumelt ihr wie bei einem gewieften Piloten vom Kinn herab und neben ihr steht der mausgraue Motorroller.

Damals waren wir wirklich glücklich. Der Alptraum der Bombennacht lag lange hinter uns, und wir hatten aufgehört, über diese Zeit zu sprechen.

Margret erwähnte jene Katastrophe, bei der sie ihre Familie verloren hatte, jahrelang kein einziges Mal, außer wenn neue Bekannte sie nach dem Grund für ihre Brandnarbe im Gesicht fragten. Und auch ich schwieg über die Rolle, die ich dabei gespielt hatte, ja ich begann meine Erinnerung an diesen Tag mehr und mehr zu verdrängen. Und das, was mir dennoch an Restschuld verblieb, glaubte ich ruhigen Gewissens an diejenigen delegieren zu dürfen, die für jene zwölf Jahre der Barbarei verantwortlich waren. Insgeheim hatte ich wohl nur Angst davor, dass es das Ende zwischen mir und Margret bedeuten könnte, hätte ich ihr die Wahrheit gestanden.

So errichtete ich mein Leben auf dem Boden einer unabgegoltenen Schuld, und dies fiel mir, wie gesagt, um so leichter, weil um mich herum genau dasselbe geschah und sich über Folterkellern und Massengräbern ein neues glänzendes Gesellschaftsgebäude erhob, dessen Fassaden von Jahr zu Jahr weißer gestrichen wurden, so dass man es sich schon bald nicht mehr vorstellen konnte, wie ein so friedliches, nur für das eigene kleine Glück lebendes Volk wirklich eine solch grausige Vergangenheit gehabt haben sollte, wie sie ihm allüberall nachgesagt wurde.

Wenn man spätestens seit dem deutschen Wirtschaftswunder behauptete, dass die Deutschen ihre schreckliche Vergangenheit verdrängt hätten, so ist das aber nur zu einem Teil richtig, denn die andere Hälfte der Wahrheit muss lauten, dass viele Deutsche überhaupt keine schreckliche Vergangenheit gehabt hatten. In Wirklichkeit war das Leben nach der sogenannten Machtübernahme für die meisten ganz normal weitergegangen und, sieht man einmal von den letzten Kriegsjahren, dem Bombenterror und den Flüchtlingsströmen ab, auch zwölf Jahre lang recht normal geblieben. Dass es dabei neben dem eigenen Alltag auch eine Wirklichkeit gab, die die Wirklichkeit der Lager und Deportationen war, dies war vielen zwar bekannt, aber es ging sie nichts an. So sah jeder, der zwei Augen im Kopf hatte, dass die Juden aus dem öffentlichen Leben immer mehr herausgedrängt wurden, und wer auch nur noch über ein wenig Restphantasie verfügte, der ahnte, was mit ihnen geschah, aber – und dies ist eben die schreckliche Wahrheit – er machte sich nichts daraus. Die Normalität lag gewissermaßen wie ein wehrhafter Festungswall um das Bewusstsein des Einzelnen, so dass alles Anormale nicht hineingelangte. Denn etwas zur Kenntnis nehmen, heißt eben noch nicht, es auch zu erkennen. Und von Tatsachen berichtet zu bekommen, meint eben noch nicht, von ihrem Sinn erfasst zu werden. Heute ist etwa die Tatsache, dass vor unserer Haustür, im Herzen Europas, ein Krieg stattfindet, nur insofern für uns von Interesse, als unser Urlaubsort dadurch gefährdet scheint. Und obwohl wir täglich über diesen Krieg informiert werden, erfährt seine wahre Bedeutung nur noch derjenige, der mittendrin steckt. Für alle anderen geht das Leben weiter, und zwar in der Hoffnung, dass auf Dauer schon alles besser werden wird in der Welt.

Aber ich glaube, es gibt keine kontinuierliche Entwicklung der Menschheitsgeschichte zu irgendeinem besseren, wahreren und vernünftigeren Leben hin. Kriege sind auch keine vorübergehenden Rückfälle in die Barbarei, die den Weltenlauf einen Moment lang anhalten, bevor er dann euphorisch weiter in die richtige Richtung voranschreitet. Fortschritt selbst ist nur eine schlechte Metapher, mit der wir oft nichts weiter als unseren sinnlosen Aktionismus zu kaschieren suchen. Denn unsere technischen Errungenschaften sind noch kein Beweis dafür, dass unser Denken auf dem richtigen Weg ist. Dass man sich nach einem atomaren Weltkrieg eher noch wieder auf die Elektrizität besinnen dürfte als etwa auf den Kategorische Imperativ, scheint mir vielmehr Beweis für die Substanzlosigkeit auf der wir denken. Denn in Wahrheit gibt es doch wohl nur Zeiten, wo der Mensch ganz bei sich selbst ist und Zeiten, die entsetzlich sind, weil der Mensch sich aus seinem Bewusstsein herausgesetzt findet. Kommen dann aber einmal Bewusstlosigkeit und technische Raffinesse zusammen, wie in unserem Jahrhundert, so übersteigen die menschlichen Taten schließlich auch alles dem Menschen an Entsetzlichem Bekannte.

Nun will ich nicht leugnen, dass mir und Margret

beschieden war, was man heute allgemein als die *Gnade der späten Geburt* bezeichnet. Denn wir, die wir unsere Kindheit im Nationalsozialismus verbracht hatten, waren selber noch zu jung gewesen, als dass man bei uns von einer Schuldfähigkeit hätte sprechen dürfen. Man hatte mich zwar noch zu einem Hitlerjungen machen und Margret dem BDM einverleiben können, aber allen weiteren Manipulationen wurde glücklicherweise durch die Kapitulation Deutschlands ein Ende gesetzt.

Dennoch habe ich bis heute das Gefühl, dass etwas aus dieser Zeit an mir haften geblieben ist, etwas, das sich auch mit all den Jahren, die seither ins Land gegangen sind, nicht vollständig verloren hat. Wenn ich zum Beispiel mit Engländern, Franzosen, Polen oder Russen zusammenkomme, ertappe ich mich stets dabei, dass mir meine Staatsangehörigkeit ein wenig peinlich ist. Ich gestehe auch ein, unangenehm berührt zu sein, wenn während der Olympischen Spiele oder vor einem Fußballländerspiel die deutsche National-hymne ertönt. In meinem Kopf stellt sich dann immer sogleich zwanghaft jene Liedstrophe ein, die man heute nicht mehr singen darf. Auch hasse ich es, wenn ich im Urlaub ein Restaurant besuche und irgendwo an einem der Nebentische sich eine Gruppe Deutscher lautstark unterhält. Margret und ich haben oft bedauernd die Achseln gezuckt, wenn man uns im Ausland plötzlich in ruppigem Hochdeutsch nach unserer Herkunft fragte, und uns als Engländer ausgegeben.

In den fünfziger Jahren hatte ich merkwürdigerweise kein solches Schamgefühl. Obwohl ich doch rein zeitlich gesehen viel näher an all den Geschehnissen dran war, die erst später dazu geführt haben, dass mir jede Form von Vaterlandsliebe, die sich nicht einfach nur auf eine bestimmte Landschaft bezieht, suspekt blieb, machte es mir nicht das geringste aus, ein Deutscher zu sein. Auch dies ist ein Beweis dafür, dass die Nähe zu den Ereignissen nicht schon deren Bedeutung für denjenigen garantiert, der ihnen ausgesetzt ist. Vielmehr lässt sich noch im Nachhinein die eigene Geschichte plötzlich so intensiv erfahren, dass ich fast den paradoxen Satz hinzufügen möchte, als ob man selbst dabei gewesen wäre. Denn nicht das Dabeisein ist alles, wie uns heute in unserer Erlebnisgesellschaft immerzu suggeriert wird, sondern das Darinsein. Bewusst in der Welt zu sein, ist aber nur möglich, wenn die Ereignisgeschichte aufhört, dir nur zuzustoßen oder wie ein Datenfluss an dir vorüberzieht, sondern wenn sie erzählte Geschichte wird.

Hier muss ich allerdings zugeben, dass ich bis in die späten sechziger Jahre hinein gar nicht richtig wusste, in was für einer Zeit ich eigentlich meine Jugend verbracht hatte. Erst mit den Studentenunruhen wurde auch die Vergangenheit wieder lebendig und öffnete plötzlich erneut den Mund für all die, die noch zuzuhören vermochten. Da waren nicht nur die Zeitzeugen, die Überlebenden der Konzentrationslager, die jetzt ihre Geschichte erzählten, da waren auch Intellektuelle, die sich bemühten, die Vergangenheit zu reflektieren. Viele Menschen, so wie ich, mussten plötzlich feststellen, sie waren zwar dabei gewesen, hatten einem katastrophalen Geschichtsverlauf hautnah beigewohnt, hatten aber das ganze Ausmaß dieser Geschehnisse nicht im geringsten erfasst.

Anfänglich las ich fast alles, was sich damals mit dem

zurückliegenden Krieg beschäftigte, und sich mit dem Phänomen der Barbarei auseinanderzusetzen vorgab. Doch schon bald erschienen mir diese Schriften mehr und mehr so, als ob in ihnen nur versucht würde, das Unsagbare doch irgendwie zu sagen, um mit allen Mitteln eine Brücke über den unüberbrückbaren Hiat in der Menschheitsgeschichte zu schlagen. Denn das Unvorstellbare wurde gewissermaßen in lauter einsichtige Zusammenhänge überführt, Zusammenhänge, die sich letztlich jedoch – so erkannte ich immer deutlicher – als bloß gemeinte und behauptete erwiesen.

Doch mein Enthusiasmus, alles erfahren zu wollen, erlahmte schon kurz darauf wieder. In dem Wust aus Meinungen, die ich mir anlas, konnte ich nichts finden, was das Recht beanspruchen durfte, die Wahrheit genannt zu werden. Mir wurden zwar die unterschiedlichsten Theorien entwickelt, mal soziologisch, mal psychologisch, mal politisch, mal ökonomisch fundiert. Aber so richtig mir auch viele Überlegungen erscheinen wollten, die Wahrheit schienen sie mir alle nicht zu erfassen.

Margret und ich verlobten uns Mitte der fünfziger Jahre, weil die Nachbarn, so glaubte meine Mutter, zu tuscheln begannen. Nicht lange darauf heirateten wir. Es war eine kleine Hochzeit. Außer der Familie waren nur einige Arbeitskollegen geladen und selbstverständlich die Nachbarn.

Nach der Hochzeit bauten wir die obere Etage in Großmutters Häuschen aus und wohnten dort vier Jahre.

Im Nachhinein will es mir fast unvorstellbar erscheinen, wie wir in diesen zweieinhalb winzigen Zimmern leben konnten. Hinzu kam, dass wir wie besessen Dinge kauften, die bereits für unser späteres Haus bestimmt sein sollten, und die allesamt in der Wohnung ihren Platz beanspruchten. Wir hatten beide merkwürdigerweise einen Spleen für Kleidungsstücke. Wir liebten es, uns in immer neuen Kleidern zu sehen, und wir konnten uns manchmal mehrmals am Tag umziehen. Anzüge, Hosen, Röcke, Pullover, Krawatten, Blusen, Tücher und Hüte füllten uns den Schrank, bis die Türen eines Tages nicht mehr schließen wollten und fortan stets einen Spalt breit geöffnet blieben.

Die Großmütter hatten kein Verständnis für unseren Kleiderfimmel. Sie waren es gewohnt, über ihre schlichten Röcke und Blusen immerzu einen weißen oder blauen Kittel zu tragen, den sie nur an Sonntagen für einige Stunden ablegten, wenn sie zur Kirche gingen oder einen kleinen Spaziergang unternahmen. Beide warnten sie uns stets vor Motten und traktierten uns beständig mit Kugeln und Pulvern, die die Freßfeinde auf Distanz halten sollten. Da diese Mittelchen aber alle denselben Fehler hatten – sie rochen erbärmlich nach Naphthalin – weigerten wir uns, sie zu gebrauchen und ließen sie stets auf geheimnisvolle Weise verschwinden.

Wir wohnten auf dem Land, und Insekten gehörten dort nun einmal zu den alltäglichen Plagegeistern. Jahrelang störte es unseren Sinn für Romantik nicht im geringsten, dass über unserem Ehebett zwei lange klebrige Fliegenpapiere hingen, auf denen Mücken, Falter und andere Tierchen einen grausigen Tod fanden, während wir friedlich in unseren Betten schliefen und von unserer Zukunft träumten.

Als ich aber einmal bei einer Kissenschlacht am Sonntagmorgen mit den Haaren, Augenbrauen und Augenlidern in die Fliegenpapiere geriet, erahnte ich zum ersten Mal, was es bedeutete, ein missliebiges Insekt zu sein. Seitdem beschränkten wir uns auf feinmaschige Fliegengitter, die wir ab März vor die Fenster nagelten.

Eines Tages verkauften wir unseren Motorroller und erstanden ein wunderschönes Goggomobil, mit dem wir noch im selben Jahr nach Italien fuhren, genauer: nach Rimini, das damals den Beinamen *Teutonenspieß* trug. Auf den wenigen Autobahnen und Fernstraßen Richtung Süden herrschte ein ähnliches Gedränge wie heute. Die im Krieg zerstörten Straßen waren zwar alle längst wieder hergerichtet, aber sie waren völlig ungeeignet, der immer rascher fortschreitenden Mobilisierung der Massen Herr zu werden. Stundenlange Staus waren keine Seltenheit. Nur saß man nicht nur einfach im Wagen, hörte Radio und verzog keine Miene, sondern man stieg auch mal aus und tauschte mit den anderen Autofahrern Urlaubs- und Reiseerfahrungen.

Rimini aber war ein von deutschen Touristen dominierter Rummelplatz. Es schien, als ob die Stadt von den Deutschen eingenommen worden wäre. Friedlich zwar, aber dennoch unaufhaltsam besetzten sie jedes Café, jedes Hotel, jeden Strandkorb und jeden Parkplatz.

Fast drei Wochen lang spazierten wir mit unseren Landsleuten die Strandpromenaden hinauf und hinunter, durchwanderten den Triumphbogen, begafften den Palazzo dell' Arengo, schlenderten auf der Via Flaminia und der Via Emilia und lagen ansonsten dicht gedrängt neben anderen Teutonen am Strand und ließen uns rösten. Missmutig und enttäuscht von der großen weiten Welt, die uns doch so verheißungsvoll erschienen war, verließen wir die Stadt noch vor Ablauf unserer Hotelbuchung und fuhren wieder nach Hause.

Dort erwartete uns die nächste Überraschung. Als wir unseren Kleiderschrank öffneten, um Mitbringsel aus Rimini in ihn hinein zu stopfen, kam uns eine Wolke kleiner Motten entgegen, die während unserer Abwesenheit ganze Arbeit geleistet hatten. Außer einigen Krawatten, Strohhüten und Nylonstrümpfen hatten sie mit großem Appetit kreisrunde Löcher in fast die Hälfte unserer Kleider gefressen. Da wir nicht wussten, dass der ausgebildete Falter harmlos ist und nur die Larven über gesunden Appetit verfügen, schlugen wir mit aufgerollten Zeitungen solange hysterisch auf die Falter ein, bis keiner sich mehr muckte. Doch nach nur wenigen Wochen wiesen plötzlich auch die Kleider, die wir gerettet glaubten, Löcher auf, und wir waren mehr als verzweifelt, zumal wir nun den beiden alten Damen offenbaren mussten, dass wir ihre Ratschläge in den Wind geschlagen hatten. Margret, meine Mutter und die beiden Großmütter waren daraufhin viele Abende damit beschäftigt, auszubessern, was noch auszubessern war. Zwei Jahre lang trug ich nicht ein Kleidungsstück am Leib, das nicht irgendwo geflickt, zusammengenäht oder – wie meine Strickweste – an beiden Ellenbogen lederne Herzen aufwies.

Als sich der Ärger über die Motten und die Vorwürfe der Großmütter gelegt hatten, ihre Mottenkugeln und Pülverchen mit Dank angenommen und sogleich aufgehängt und verstreut worden waren, kamen mir zum ersten Mal im Leben Zweifel darüber, ob unsere Ankäufe von tausenderlei Dingen überhaupt einen Sinn ergaben. Bis dahin hatte ich geglaubt, dass sich unser Glück stückchenweise zusammentragen ließ. Nun aber befiel mich der Gedanke, dass all dieser Plunder in Wahrheit nichts als Unglück brachte. Die Kleider, in denen wir uns in naher Zukunft wohlfühlen sollten, hatten jetzt schon Löcher, den Wohnzimmertisch zierten bereits üble Macken, auf der nagelneuen Frisierkommode hatte Margret die Silhouette unseres Bügeleisens eingebrannt, von den Gläsern, mit denen wir einst unsere Gäste bewirten wollten, war mir eine ganze Kiste klirrend zu Boden gestürzt. Die gediegene Wohnzimmercouch, die drei schwarzen, von goldenen Streifen durchzogenen Cocktailsessel und die Stehlampe mit verschiedenfarbigen Schirmchen: dies alles erschien uns längst so hässlich, dass wir insgeheim wünschten, all diese Dinge niemals gekauft zu haben.

Damals begann plötzlich etwas in meinem Inneren zu fressen, so wie die Motten in unserer Kleidung gefressen hatten. Meine Illusion vom zukünftigen besseren Leben bekam immer mehr Löcher und drohte mittendurch zu reißen. Von Tag zu Tag wurde ich verstimmter und gereizter. Ich trank mehr, als gut für mich war. Der Alkohol wurde mir zu einer Art geistiger Mottenkugel, die den zerstörerischen Fraß am leichten Gewebe meiner Illusion aufhalten sollte, doch vergeblich.

Selbst meine Arbeit wurde mir langweilig. Ich fuhr zwar jetzt mit dem Auto zum Dienst, aber wenn ich dort an meinem Schreibtisch saß, starrte ich manchmal stundenlang durch die Fenster hinaus über Wuppertal hinweg, sah, wie in der Ferne die Schwebebahn mehrmals vorüberglitt, ließ das Telefon neben mir klingeln, bis es wieder verstummte und erwachte oft erst aus meiner Erstarrung, wenn einer meiner Kollegen mich fragte, ob alles in Ordnung mit mir sei.

Zuhause hielt ich die Enge nicht mehr aus. Wir hatten uns zugestellt mit Möbeln und Kisten, die beständig im Weg waren. Ich stritt mich immer häufiger mit Margret, verließ zornig die Wohnung und fuhr mit dem Rad zur nächsten Gastwirtschaft. Manchmal kehrte ich erst in der Nacht heim, polterte durchs Haus und musste mir Strafpredigten von den Großmüttern anhören, die meine Ehe – darin wenigstens waren sie sich einig – schon hoffnungslos zerrüttet sahen, während meine Mutter mir das Sofa in der Küche herrichtete und alle Beteiligten zu beruhigen versuchte.

Irgendwann wurde mir klar, dass es so nicht mehr weitergehen konnte. Ich musste raus, irgendwoanders neu anfangen. Aber ich war mir ebenso klar darüber, dass ich Margret nicht verlassen wollte. Ich wollte nur diese Enge nicht mehr ertragen müssen und mit Margret endlich allein sein.

Und so begann ich, auf Margret einzureden, versuchte ihr klar zu machen, dass wir jetzt unser Leben leben mussten und keine Zeit mehr verlieren durften. Denn die Zukunft, in die wir unser glückliches Leben immerzu hineinprojizierten, hatte längst begonnen, und wenn wir nicht aufpassten, so war sie bereits wieder zu Ende, bevor wir auch nur einen unserer Wünsche verwirklicht hatten.

Margret ließ sich von meinen Ideen anstecken, und so rafften wir schließlich alle Ersparnisse zusammen, nahmen einen Kredit auf, für den meine Großmutter mit ihrem Häuschen bürgte, und kauften ein Haus in der Nähe von Köln.

Als Du dort wenige Jahre später zur Welt kamst, fing für uns in der Tat ein neues Leben an. Margret ging fortan nicht mehr arbeiten, und ich fand bei der Kölner Stadtverwaltung eine feste Anstellung.

Alles, was ich in diesen ersten Jahren tat, tat ich im Bewusstsein, es für Dich zu tun. In jeder freien Minute werkelte ich an unserem Haus herum. Alles musste renoviert werden, Wände mussten herausgeschlagen, Fußböden aufgestemmt, und das Dach erneuert werden. Ich las jede Menge Bücher, die mir über mein mangelndes handwerkliches Geschick hinweghelfen sollten, und machte schon bald durch Theorie wett, was mir an Praxis mangelte.

Als ich mit dem Haus fertig war, ging es draußen gleich weiter. Im Garten standen noch einige Schuppen aus der Vorkriegszeit, die darauf warteten, entrümpelt und abgebrochen zu werden. Dann pflanzte ich Bäume und Sträucher und säte Rasen. Es kostete mich einige Jahre meines Lebens, bis alles einigermaßen so war, wie es mir gefiel. Ich wusste, ich war ein anderer Mensch geworden. Mein Leben hatte nun einen Sinn. Ich lebte für Dich. Aber das war, Du ahnst es längst, nur eine weitere Flucht vor mir selbst, und es war eine gefährliche Flucht. Denn je mehr ich für Dich tat, desto höher wurden meine Erwartungen, die ich an Dich stellte. Mir kam überhaupt nicht der Gedanke, dass das alles, was ich da aufbaute, eines Tages von Dir gar nicht geschätzt werden könnte, dass Du vielleicht überhaupt nicht froh darüber wärest, in einer finanziell und materiell abgesicherten Welt leben zu dürfen. Denn die

Normalität, die ich Dir schuf, verhinderte gewissermaßen, dass Du sie je schätzen lernen solltest.

Als im August 1961 mit dem Bau der Mauer begonnen wurde, regte dies die Mutter meines Vaters so sehr auf, dass sie kurze Zeit später an einem Herzinfarkt verstarb. Obwohl sie damals schon weit über achtzig Jahre alt war, träumte sie doch immer noch davon, einmal zurück in ihre alte Heimat zu fahren und all ihre Bekannten, Freunde und Nachbarn wiederzusehen und mit ihnen ein paar schöne Tage zu verbringen. Als sie aber bemerkte, dass dies von nun an für sie niemals mehr wahr werden konnte, vermochte sie auch den Traum, der sie am Leben hielt, nicht mehr weiter zu träumen.

Kurz darauf verstarb auch meine andere Großmutter. Eines Morgens war sie einfach nicht mehr aufgewacht. All diese Vorfälle hatten wiederum meine Mutter fürchterlich verstört, und sie hatte Angst, in dem leeren Haus fortan allein weiter zu wohnen. Also holten wir sie zu uns und verkauften das Häuschen im Bergischen.

Wir haben es nie bereut, meine Mutter zu uns genommen zu haben. Je älter sie wurde, desto ruhiger und gelassener lebte sie in den Tag hinein. Zwar half sie hier und da im Haushalt mit, doch redete sie Margret grundsätzlich nicht in Haushalts- oder Erziehungsfragen hinein. Auch fanden Margret und ich jetzt wieder mehr Zeit für uns. Wir konnten abends ausgehen oder Bekannte besuchen, ohne dass wir Dich hätten allein lassen müssen.

Unser Leben konsolidierte sich zunehmend, es wurde ruhiger und verlief immer störungsfreier. Meine Arbeit ging mir leicht von der Hand. Doch ging ich nicht in ihr auf, vielmehr war sie nur wie ein täglich mir auferlegtes Pensum, das ich erfüllen musste, bevor mein eigentliches Leben weitergehen konnte.

Das Leben bekam immer mehr Gleichmaß, und unsere Welt verwandelte sich in einen festen Bestand eindeutiger, sich wiederholender Zeichen. Diese eindeutigen Zeichen verlangten eindeutige Tätigkeiten von uns, denen wir nachkamen und in denen wir uns nicht selten verloren. Hatte der Rasen eine bestimmte Länge überschritten, musste er gemäht werden. Ohne zu murren zog ich dann abends Bahn um Bahn mit dem schwerlaufenden Handrasenmäher, harkte nachher das Gras zusammen, stopfte es in große blaue Tüten und band sie oben zu. Das Leben war einfach, wenn man die banalsten Regeln befolgte. Ein voller Hausmülleimer musste geleert, ein leerer Kühlschrank gefüllt, ein schmutziger Hausflur gewischt, die Morgenzeitung gelesen, die Rechnungen bezahlt werden. Es gab keine Verunsicherungen, solange man den Dingen nachkam. Sie bestimmten, was zu tun war. Eine durchgebrannte Glühbirne wollte ausgewechselt, ein Wackelkontakt behoben, ein gekauftes Buch gelesen, ein ausgeliehener Regenschirm zurückgebracht werden. Einmal im Jahr war der Gartenzaun zu streichen, alle fünf Jahre die Fenster. Und eine Rose war eine Rose, die es zu beschneiden galt, wenn sie zu sehr wucherte.

Dann kamst Du in die Schule.

Bis zu Deiner Pubertät hatten wir kaum Probleme mit Dir. Schließlich aber traten sie so massiv und wie aus heiterem Himmel auf, dass wir die Wandlung, die mit Dir vorging, nicht im geringsten begriffen.

Ich erinnere mich noch gut daran, wie sich eines

Tages in Deinen Gesichtszügen etwas veränderte, das mich deutlich an meinen Jugendfreund Alfred erinnerte. Wochenlang vermochte ich Dich nicht richtig anzusehen, ohne dass mich die Erinnerung so lebhaft einholte, dass ich mich schütteln musste. Aber zum Glück war dies nur eine vorübergehende Zwischenstation Deiner Entwicklung. Bald schon bekamst Du fraulichere Züge und wurdest Deiner Mutter ähnlich, so dass mein Schrecken sich wieder legte. Doch was dann in wenigen Jahren mit Dir geschah, sprengte alle Vorstellungen, die Margret und ich uns jemals zu machen imstande gewesen wären.

Doch ich muss hier abbrechen, Janine. Ich bin das Schreiben nicht gewohnt, und so haben sich die Muskeln meines rechten Arms vom Ellenbogen aufwärts bis in die Schulter hinein so stark verspannt, dass es fast eine Tortur ist, weiterzuschreiben. Auch habe ich Kopfschmerzen, die wohl von dieser Verspannung herrühren oder vielleicht auch nur Zeichen einer geistigen Überanstrengung sind.

Mir liegt es allerdings fern, Janine, Dir irgendeine minutiöse Lebensgeschichte zu erzählen. Was ich an Erinnerungen herausgreife, ist nur willkürlich und fragmentarisch; ich hätte anderes erzählen können, und hätte damit auch ein ganz anderes Licht auf mein Leben geworfen. Nur unterstehe ich seit Tagen dem Zwang, mir überhaupt einiges noch einmal in Erinnerung rufen zu müssen, um in diesen eher oberflächlichen Zusammenhängen irgendwo einen Einstieg zu finden, der mich tiefer hinabführt in meine gelebte Zeit, ja der mich hinführt zu jenem Ort, wo Margret immer noch vorhanden ist und wo ich ihr begegnen kann, ganz unmittelbar. Denn abgesehen von allem bloß Ereignishaften in unserer Lebenszeit, muss es doch irgendwo einen Zustand geben, der in die Tiefe der Zeit selbst führt, dorthin, wo alle vermeintliche Ereigniskausalität ein Ende hat und selbst der Tod seine unerträgliche Stummheit verliert.

5 Blausieb

In einem verwilderten Obstgarten, nicht weit von meinem Gasthof entfernt, entdeckte ich heute das Blausieb. Ich habe mittlerweile mein Nachtfalterbuch so intensiv studiert, dass ich es sogleich erkannte. Es saß am Stamm eines alten, knorrigen Apfelbaums, der nur auf einer Seite noch beblättert war, auf der anderen hingegen aus verdorrten und zum Teil abgeschälten Zweigen bestand, so als wollte er an die mittelalterliche Allegorie der Frau Welt erinnern.

Ich näherte mich nicht gerade vorsichtig, doch das Blausieb flog nicht auf. Seine kurzen gefiederten Fühler vibrierten bei jedem Luftzug. Es war ganz weiß und besprenkelt mit stahlblauen kleinen Flecken. Ich wusste bereits, dass es keine Nahrung zu sich nimmt und seine Eier besonders gern auf die Rinde von Obstbäumen legt. Die schlüpfenden Larven bohren sich dann sogleich tief in den Stamm und können ihrem Wirt sehr schädlich werden.

Das Blausieb wartete auf die Dunkelheit. Aber es hatte sich nicht wie der Mondvogel in die Umgebung eingepasst, sondern es schien gerade auf seine auffällige Farbgebung zu vertrauen, die den Feind abschrecken sollte. Ich konnte es ganz aus der Nähe betrachten, ohne dass es Anstalten machte, davonzufliegen.

Viele Nachtfalter haben bei Tage etwas Traumwandlerisches. Es ist, als ob sie ganz tief in sich selbst versunken wären, in einer Art Trancezustand. Manche lassen sich sogar mit den Fingerspitzen berühren und schälen sich dann nur sehr zäh aus ihrem Traum heraus, vibrieren ein wenig mit den Flügeln und fliegen schließlich ohne Hast davon.

Der Kopf des Blausiebs erinnerte mich an einen winzigen weißen Wattebausch. Auf dem Kopf waren zweimal drei schwarze Punkte zu sehen, als ob es mit sechs wachen Augen in die Welt hineinblickte, während seine Wahrnehmung in Wahrheit tief nach innen gerichtet blieb.

Ich dachte lange über den Namen Blausieb nach. Ich ließ meinen Assoziationen freien Lauf und entwickelte bald schon die skurrile Vorstellung, dass ein Blausieb auch etwas sein könnte, das man vor die Erinnerung schraubt, um sich nur der schönen Tage zu erinnern. Haben nicht, so dachte ich, die meisten Menschen so eine Art Blausieb vorgeschaltet, wenn sie an frühere Zeiten denken? Doch dann fiel mir ein, dass ich vor vielen Jahren einmal ein begeisterter Amateurfotograf gewesen war, und ich erinnerte mich, dass ein Blaufilter vor das Kameraobjektiv geschraubt, Dunst und Nebel verstärkt, Hautunreinheiten äußerst deutlich werden lässt, rote Lippen in dunkle Balken verwandelt und also kurz gesagt alles andere denn eine verklärende Wirkung ausübt.

Aber noch etwas fiel mir ein, nämlich dass man solche Farbfilter nur in der Schwarzweiß-Fotografie einsetzt. Ich begriff nicht, wo da der Zusammenhang sein sollte, fragte mich sogar, ob es einen wesentlichen Unterschied zwischen einem Sieb und einem Filter gibt, konnte mir aber auch auf diesem Wege die Ungereimtheiten meines Denkens nicht erklären.

Darauf versuchte ich nachzuvollziehen, warum jemand diese Art Falter, wie sie dort am Apfelbaum saß, überhaupt Blausieb genannt hatte. Sah der Falter vielleicht so aus, als ob er mit seinem weißen Körper in eine Siebdruckmaschine geraten wäre? Aber nun ist der Siebdruck eine noch recht junge technische Errungenschaft, während der Falter seinen Namen doch sicherlich schon viel länger trägt. Oder hatte hier jemand in der Zeichnung des Falters tatsächlich ein Sieb erkannt, dessen Löcher ihm blau erschienen waren? Aber hätte dies nicht von einer verschrobenen Wahrnehmung gezeugt?

Dann erinnerte ich mich, einmal gehört zu haben, dass Afrikaner in einem Zebra ein schwarzes Tier mit weißen Streifen sehen, während für uns weiße Mitteleuropäer ein Zebra eher ein weißes Tier mit schwarzen Streifen ist. Dies hindert uns jedoch nicht daran, im Straßenverkehr nun gerade weiße Streifen als Zebrastreifen zu deklarieren, während doch eigentlich für uns das Schwarze zwischen den Streifen die Zebrastreifen sein müssten.

Doch zurück zu meinem Problem. Mit dem Namen Blaufilter kam ich auch nicht weiter. Immerhin gibt es zwar das Wort Filter schon seit dem 16. Jahrhundert. Es ist mit dem Wort Filz verwandt. In unserem umgangssprachlichen Wort filzen führen sogar, wie ich finde, Filz und Filter bis heute eine erstaunliche Partnerschaft. Zum einen kann man es eben so verstehen, dass jemand, der einen anderen filzt, diesem an die Wäsche geht, zum anderen aber meint es eben auch, dass aus der Kleidung des Gegenüber Messer, Pistolen, Geld usw. herausgefiltert werden. Doch ich schweife schon wieder ab.

Ein Gewebefilter, wie er im 16. Jahrhundert benutzt

worden sein mag, dürfte wohl kaum solche großen Löcher aufgewiesen haben, wie sie sich in der Zeichnung des Falters darstellten, diente so ein Filter doch hauptsächlich zur Trennung von festen und flüssigen Stoffen. Solche Flecken aber, wie sie der Falter zeigte, hätten rein mechanisch gesehen nur vermittels eines groben Siebs verursacht worden sein können, durch das jemand blaue Farbe gepresst hätte. Dann aber wäre der Falter ein Tier gewesen, das durch ein solches Sieb etwas erlitten hätte, und er hätte nicht als das Sieb selbst bezeichnet werden können. Es sei denn, und nur so schien es mir einen Sinn zu machen, jemand hatte die Grundfarbe des Falters tatsächlich nicht als weiß, sondern als blau gesehen und also das für den konventionellen Blick Akzidentelle als das Wesentliche genommen.

Du fragst zurecht, Janine, warum ich Dir solche Überlegungen unterbreite. Warum ich Dir Gedanken vorstelle, die doch recht abwegig erscheinen. Aber ich hatte Dir ja schon verraten, dass Abwegigkeit, also dort zu gehen, wo keine Pfade sind, neuerdings zu meinen liebsten Beschäftigungen gehört. Dabei versuche ich keineswegs, das mir Bekannte und Vertraute hinter mir zu lassen und neues Terrain im Unbekannten und Fremden zu erobern, sondern ich versuche, das Bekannte und Vertraute als das Fremde zu entdecken. Denn bestimmt ist es Dir auch schon oft im Leben geschehen, dass man zum Beispiel von einem Menschen eine ganz bestimmte Meinung hat und diese Meinung jahrelang aufrecht erhält, bis man durch Zufall mit diesem vermeintlich Altbekannten einmal in ein längeres Gespräch findet und innerhalb von wenigen Minuten alles, was man über diesen Menschen zu wissen glaubte, sich als Illusion erweist. Zwischen unserer Meinung und dem Menschen, der uns gegenübersteht, ist plötzlich nichts Korrespondierendes mehr zu entdecken. Selbst das Gesicht desjenigen, der uns schon so viele Jahre bekannt ist, beginnt sich mehr und mehr zu verändern, es wird uns fremd, und wir zweifeln, ob dies überhaupt noch derjenige ist, den wir doch zu kennen glaubten. Ja, das uns bekannte Gesicht wird mit jedem Wort, das es spricht, transparenter, gläserner und dahinter erscheint plötzlich ein anderes Gesicht, fremd, unbekannt und neu.

So ist es aber mit allen Dingen in der Welt, solange Du sie nicht zu Wort kommen lässt, werden sie Dir nie ihr wahres Gesicht zeigen. Deine ganze Wahrnehmung ist dann nichts weiter als die Bestätigung eines Urteils, das seit Jahrzehnten automatisch in Deinem Kopf verlesen wird, sobald das Vorgeladene vor Deinem Richterstuhl erscheint. Lass das Erscheinende aber nur einmal als Zeuge seiner selbst zur Sprache kommen und Dein Urteil wird neu zu schreiben sein.

Aber Du wirst vielleicht einwenden wollen, dass es in all unserer Wahrnehmung niemals einen Zustand der vollkommenen Voraussetzungslosigkeit geben kann. Immer ist schon etwas da, mit dem wir auf die Welt reagieren, Vorurteile, Glaube, Erwartungen usw. Oder ist es Dir noch nie geschehen, dass Du etwa an einem schönen Sommertag pausenlos Eintrübungen im Blau des Himmels wahrzunehmen glaubtest, nur weil die Wettervorhersage schwere Gewitter angekündigt hat? Vielleicht auch, dass Du sogar aufgrund dieser Vorhersage auf einen Spaziergang verzichtet hast, und Dich gegen Abend ärgertest, dass nichts von dem eintraf, was die Meteorologen prophezeiten. Ohne diese Vorhersage wäre Dir aber der Tag auch nicht gewesen, was er an sich war. Andere Voraussetzungen in Dir hätten Dich dazu bringen können, ihn trotzdem nicht als schönen Tag zu empfinden.

Ich zum Beispiel habe oft Depressionen an den ersten warmen Frühlingstagen, wenn die Natur aufzublühen beginnt, und die Vögel sich heiser singen. Was in allen Volksliedern gefeiert und begrüßt wird, beängstigt mich. Jahrelang konnte ich mir das nicht erklären. Heute glaube ich, dass es zum einen das Gesinge und Gerede über die schöne Maienzeit selbst ist, das mich zum Renegaten an ihr werden lässt. Zum anderen aber scheint es mir gerade die totale Veränderung in der Natur zu sein, die mich depressiv stimmt. Über die vielen Monate des Winters ist jeder Tag dem anderen ähnlich. Es ist, als ob die Zeit stehengeblieben wäre. Aber im Frühling bricht dieser Stillstand plötzlich auf. Die Zeit scheint zurückgekehrt. Und so, als müsste sie die verlorenen Monate wieder aufholen, treibt sie die Prozesse in der Natur in einem kaum noch nachvollziehbaren Tempo voran. Fast schmerzlich wird mir dann jedes Mal klar, dass ich älter werde, dass ich schon mehr Frühlinge hinter mir habe als noch vor mir, dass sie zählbar geworden sind, und der Hasel schon bald ohne mich aufblühen wird.

Vielleicht erscheint es Dir erneut als ganz und gar abwegig, wenn ich Dir sage, dass mich dieses Aufblühen darüber hinaus an eine Situation aus meiner Schulzeit erinnert, wo alle eifrig über ihre Klassenarbeit saßen, während ich noch nicht einmal mehr den ersten

Satz geschrieben hatte. Jeder blühende Zweig und jedes blühende Pflänzchen scheinen mich auf nichts weiter hinweisen zu wollen als auf meine Unfruchtbarkeit. Stets erwache ich im Frühling entsetzt aus meinem Winterschlaf, um festzustellen, dass wieder ein Jahr vorübergegangen ist, und dass ich für die Teilnahme an diesem neuen Jahr den einzigen Anmeldungstermin verpasst habe. Wieder nichts gesät zu haben, bedeutet, wieder nichts blühen zu sehen und wieder nichts ernten zu dürfen. Du wirst mir sagen wollen, dass ich am Frühling nur meinen eigenen psychischen Zustand wahrnehme, mehr noch, dass ich den Frühling als Kritik an mir empfinde und ihn daher selbst gar nicht zur Kenntnis nähme. Ich gebe Dir Recht, Janine, teile jedoch nach wie vor Deine Psychologisierungen nicht gern. Was ich vielmehr meine, wenn ich Dir soeben von meinen Versuchen sprach, das Bekannte und Vertraute als das Fremde zu entdecken, indem ich es selbst zur Sprache kommen lasse, ist nicht, dass ich von nun an meine eigene Voraussetzungslosigkeit behaupten will, sondern vielmehr bemüht bin, meine Voraussetzungen durch andere zu ersetzen, ihre Beliebigkeit aufzugeben, das bloß Zufällige und Adaptierte an ihnen zu begreifen, und anstelle ihres nur Meinungshaften etwas zu setzen, das sich als dessen Gegenteil erweisen soll.

Erlaube mir daher, noch ein wenig bei diesem Thema zu bleiben. Denn als ich hier vor gut zwei Wochen ankam, lag es mir zunächst noch sehr fern, mich in der Gegend hier verlaufen zu wollen. Im Gegenteil. Ich kaufte mir gleich nach der Ankunft einen sogenannten Wanderführer, ein kleines schmales Büchlein mit Tourenbeschreibungen rund um den Ort, in welchem ich ein Zimmer gemietet hatte. Die ersten Touren, die ich lief, ließen sich gut an. Der Wanderführer, der ja nichts weiter bieten wollte als eine präzise Wegbeschreibung, bestand aus einer Reihe spartanischer Sätze, die sich ungefähr so anhörten: »... an der Brücke überqueren wir den Fluss, gehen stromabwärts bis an eine Waldkapelle. Von dort nehmen wir den Höhenweg 13, bis wir eine breite Fahrstraße kreuzen. Diese gehen wir scharf links, bis zu einem Holzabfuhrplatz, wo sich Weg 14 anschließt, der uns in weiten Schleifen bergabwärts zurück zum Ausgangsort bringt.«

Ich brauchte also nichts weiter zu tun, so wenigstens glaubte ich, als diese Anweisungen zu befolgen. Es schien mir ein einfaches Unterfangen, und ich fühlte mich mit meinen Wegbeschreibungen, die ich schwarz auf weiß bei mir trug, so sicher, dass ich es nicht für möglich hielt, mich fortan noch zu verirren. Was ich aber nicht bemerkte, war, dass ich die Welt um mich her so zu interpretieren begann, dass sie stets auf die Wegbeschreibungen zutraf. Das ging einige Tage gut, weil ich genau las und genau auf meine Wege achtete. Doch schon bald stellte sich eine gewisse Routine ein, und ich begann, viel zu schnell zu erkennen, was der Wanderführer mir sagen wollte. Auf einer Lichtung hieß es plötzlich: »Von hier aus gehen wir talaufwärts!« Nun war die Lichtung aber eine große, flache Ebene, die sich dort, wo ich stand, weder zu einer Seite hinauf noch hinab neigte. Dennoch aber glaubte ich zu sehen, dass sie sich in einer Richtung deutlich emporhob, und so interpretierte ich dieses Emporheben, das wahrscheinlich nichts weiter als eine Bodenwelle war, sogleich als die Richtung »talaufwärts« und marschierte los. Ich fand auch eine Zeitung, die unter einem Stein verrottete, mit dem sie jemand beschwert hatte, was ich als Zeichen deutete, dass diesen Weg schon viele vor mir gegangen sein mussten. Dass ich aber gar nicht auf die Lichtung geraten war, auf die ich dem Wanderführer zufolge hätte gelangen sollen, kam mir überhaupt nicht in den Sinn. Auch die Möglichkeit, eventuell auf einem frischen Kahlschlag zu stehen, der bei Drucklegung des Buches noch nicht vorhanden gewesen war, zog ich nicht in Betracht.

Auf den nächsten Hinweis, der lautete: »An einer alten Eiche vorbei führt unser Pfad wenig später wieder links in den Wald hinein«, passte ich die Umgebung um mich her erneut so an, dass sie als Erfüllung der Satzaussage durchgehen konnte. Ich fand nämlich einen alten Baumstamm, den ich sogleich als abgesägte Eiche zu erkennen glaubte, wenn mich auch ein etwas näheres Hinsehen an diesem Befund hätte zweifeln lassen müssen. Aber wer sieht schon etwas genauer hin, wenn er sich mit der Welt in Übereinstimmung glaubt und ihm also alles ganz eindeutig erscheinen will. Auch den Pfad, der allerdings wohl nur durch regen Wildwechsel zustande gekommen war, fand ich ganz in der Nähe, und so setzte ich meinen Weg gänzlich unbekümmert fort.

Zwar wollte ich auch nach einer Viertelstunde immer noch auf keinen Wald treffen, doch sah ich zum einen in den paar mageren Fichten, die vereinzelt noch auf der Ebene standen, etwas, das sich, wenn auch nur im weitesten Sinne, als Wald benennen ließ. Zum anderen aber schien mir die Wendung »wenig später« als ein enorm dehnbarer Zeitbegriff. Ich konglomerierte also zwei sich ausschließende Möglichkeiten zu einer und nahm zwei halbe Wahrheiten zum Anlass, mich weiterhin auf dem rechten Weg zu glauben.

Die Legitimationsschwierigkeiten, die darin bestanden, meinen falschen Weg mit den Sätzen des Wanderführers in Einklang zu halten, nahmen aber zu, als ich den Satz las: »An einem querenden Bach wechseln wir abermals die Richtung und verfolgen den Bachlauf bis in sein Quellgebiet.« Doch ausgerechnet jetzt, wo ich endlich meinen Irrgang als solchen hätte erkennen müssen, kam mir der Zufall entgegen. Ich traf nämlich tatsächlich auf einen Bach, wenn auch erst nach einer guten Stunde, wo doch meine Tourenbeschreibung von nur fünfundzwanzig Minuten gesprochen hatte. Doch da sich auch ein Uferpfad deutlich ausmachen ließ, war ich mir noch immer sicher, richtig zu sein. Stutzig wurde ich erst, als ich bemerkte, dass der Uferpfad, auf den ich geriet, eindeutig mit der Fließrichtung des Baches parallel verlief, so dass ich also unmöglich in die Quellgebiete des Flüsschens geraten konnte. Da der Uferpfad aber dort, wo ich ihn betrat, erst seinen Anfang nahm, konnte ich unmöglich in die andere Richtung stromaufwärts gehen.

In dieser Situation nun beschloss ich, dass es sich im Wanderführer um einen Schreibfehler handeln musste. Ich war mir sicher, dass sich das Problem mit den Quellgebieten schon von ganz alleine löste. Und richtig: Bald schon versiegte der Bach zu meiner Rechten. Hier und da aber blitzten Pfützen in der Vegetation auf, die in der Tat, so schien sich mir das Rätsel jetzt zu lösen, von einem oberflächlichen Betrachter auch als die Quellen eines Flusses hätten angesehen werden können.

Mein lieber Herr N., so sprach ich daher laut den Verfasser meines Wanderführers an, hier haben Sie aber mächtig geschlafen. Und ich erwog, den Buchverlag bezüglich einer eventuellen Neuauflage des Buches auf diesen doch recht irritierenden Fehler aufmerksam zu machen.

Es dürfte wirklich nichts veröffentlicht werden, so dachte ich, was nicht mehrfach auf seine Richtigkeit geprüft worden ist. Und ich war ein wenig stolz darauf, dass ich mich nicht so schnell ins Bockshorn hatte jagen lassen und den Autor besser verstand als dieser sich selbst.

»Jetzt nur noch bis an die hinter den Quellgebieten sich anschließende Landstraße, die uns bis zum Gasthof G. bringt«, so las und beschloss ich es. Aber anstatt auf eine Landstraße zu stoßen, stand ich schon bald in dichter Vegetation, welche nur hier und da von einigen Wildschweinen aufgebrochen worden war, die dort ihre Suhlen angelegt hatten. Auch sah ich einige Schabbäume, an denen die Schweine ihre borstigen Körper so häufig geschrubbt hatten, dass die Bäume glatte und tiefe Einkerbungen aufwiesen. So tappte ich erneut ein Viertelstündchen zwischen Ginsterbüschen und modrigen Schlammlöchern umher, in die bis zum Knöchel einzusinken im wahrsten Sinne des Wortes nicht sehr erhebend war.

Langsam und zögerlich dämmerte es mir aber dann, dass ich mich hoffnungslos verlaufen hatte. Unmöglich konnte dies noch der richtige Weg sein. Ich erinnerte mich an all die anderen Wege, die ich bisher gegangen war, aber keiner war darunter, der so naturnah gewesen war wie dieser, auf dem ich jetzt stand. Ja plötzlich sah ich ganz deutlich, dass dort, wo ich stand, überhaupt kein Weg war. Die paar grünen Inseln zwischen den Suhlen waren keinesfalls die Überreste eines einstmals festen Wanderpfads, der von den Schweinen nur arg zerwühlt worden war, sondern sie waren nichts weiter als unversehrte Natur, auf die sich bislang nie und nimmer ein Wanderschuh verirrt hatte. Und wenn hier überhaupt von einem Weg gesprochen werden konnte, so war es einer, den wilde Tiere angelegt hatten. – Da überfiel mich die Vorstellung, jeden Moment einem ausgewachsenen Keiler gegenüberstehen zu können, der die freche Verletzung seines Reviers sogleich ahnden würde.

Es gab nur eine Möglichkeit, ich musste zurück, und ich durfte nicht mehr den geringsten Gedanken daran verschwenden, dass links von mir nach zwei, drei Kilometern bestimmt das Dörfchen M. in Sicht käme, oder dass ich, wenn ich mich nur weit genug rechts hielte, automatisch auf die Bundesstraße nach Z. gelangte. Ich musste alle meine Wirklichkeitsvorstellungen, die auf lauter falschen Annahmen beruhten, auslöschen und der Tatsache ins Auge blicken, dass ich mich nicht nur ein bisschen, sondern voll und ganz verirrt hatte. Es blieb mir nur, alle Fehler noch einmal zu machen und den Weg, den ich gegangen war, wieder zurückzugehen, bis zu jener Stelle, wo unbemerkt zwischen der Wirklichkeit und ihrer Beschreibung eine Verschiebung stattgefunden hatte, die beide Seiten mehr und mehr wie Kontinente hatte auseinanderdriften lassen, während ich sie in meinem Bewusstsein weiterhin als einander entsprechend zu erkennen glaubte.

Ich ging also zurück bis zu jener Lichtung, erkannte

diese als den Ort, an dem meine Fehlinterpretation der Wirklichkeit begonnen hatte, entdeckte auch jene Zeitung wieder, die mich im Glauben an die Richtigkeit meines verkehrten Weges bestärkt hatte, und fand schließlich auf meinen Ursprungsweg zurück, der in der Tat noch fünfzig, sechzig Schritte tiefer ins Tal führte, um sodann über eine breite Lichtung deutlich talaufwärts zu führen.

Sklavisch an den Worten hängend, tastete ich mich von nun an Stück um Stück auf meinem Weg voran, überprüfte mehrfach die Übereinstimmung von Text und Wirklichkeit, fand immer wieder Doppeldeutigkeiten und hatte Schwierigkeiten, meinen eigenen Standpunkt und das, was ich sah, präzise zu beschreiben. In allen Zweifelsfällen entschied ich mich stets für die einfachere Variante des Verstehens, weil ich ja schließlich in einem Wanderführer las und nicht in einem literarischen Text. Doch meine Unbefangenheit, mit der ich viele Tage lang meinen Weg unter der Regie der Beschreibung fortgesetzt hatte, war endgültig verloren. Je intensiver ich mich mit Text und Wirklichkeit auseinandersetzte, um auf dem rechten Weg zu bleiben, desto deutlicher wurde mir, dass es nichts Eindeutiges gibt, weder in der Wirklichkeit noch in der Sprache, die diese Wirklichkeit zu fassen versucht. Genaugenommen gibt es die Wirklichkeit und damit die Welt um mich her gar nicht als ein Ansich. Die Welt existiert nur in den Worten, die ich über sie zu sagen fähig bin oder in denen, die andere über sie gesagt haben. Diese Worte erzeugen erst mein Bewusstsein von der Wirklichkeit, reißen sie aus ihrer vermeintlichen Unmittelbarkeit und geben ihr eine Bedeutung.

Wenn schon, so fragte ich mich, bei einer so einfachen Sache wie einem Wanderführer, der doch nichts anderes sein will als ein Gebrauchstext, wenn also hier schon keine Eindeutigkeit des Gemeinten vermittelt werden kann, wenn weiterhin jemand wie ich, obwohl er doch mit der Wirklichkeit um die es geht, direkt konfrontiert ist und also jeden Satz sogleich an ihr überprüfen kann, wenn also dieser jemand Dinge wahrnimmt, die überhaupt nicht vorhanden sind, Steigungen erkennt, wo alles nur flach ist, Bäume sieht, wo nur noch abgesägte Stämme aus dem Boden ragen, Wege entdeckt, wo nur weglose Vegetation herrscht, wie muss dieser jemand sich dann erst Texten und Äußerungen gegenüber verhalten, die statt einer präzisen Wegbeschreibung Ereignisse, Gedanken und Ideen vermitteln wollen?

Ist es nicht möglich, so fragte ich mich weiter, dass all das, was wir als unsere unmittelbare Wirklichkeit wahrzunehmen glauben, nur eine perfide Täuschung ist, die wir uns selbst erschaffen, damit die Welt dem entspricht, was wir täglich von ihr lesen, hören oder sehen? Nehmen wir also nur wahr, was man uns vorspricht, und sei es selbst das, was überhaupt nicht vorhanden ist? Oder anders gefragt: Ist die uns vermittelte Welt nicht längst zu einer Art Wanderführer für uns geworden, der uns einen Weg durch die Realität zu weisen versucht, den es in Wahrheit vielleicht gar nicht gibt? Glauben wir gar, wir seien Dank dieses Wanderführers immer noch auf dem richtigen Pfad, wo wir uns in Wahrheit vielleicht längst hoffnungslos verirrt haben? Und sind wir wirklich noch stark genug, um gegen die Permanenz dieser vermittelten Welt den eigenen Blick auf die Dinge aufrecht zu erhalten und diesen Blick sinnvoll werden zu lassen, indem wir die Welt mit unseren Worten zu begreifen versuchen, um so den uns eigenen und eigentümlichen Weg zu suchen und zu finden?

Ja, wenn man irgendwohin will, Janine, dann mögen Wegweiser ihre Berechtigung haben und recht nützlich sein, aber wenn man etwas entdecken und erkennen will, dann sind sie ein permanentes Hindernis. Ich für meinen Teil habe den Wanderführer zum Altpapier gegeben, zu einem Stapel Zeitungen, der an einer Dorfstraße auf seine Abholung wartete. Denn ich will keine Wege mehr sehen, wo keine sind. Und ich will mir die Wege, die ich gehe, nicht als unwegbares Gelände behaupten lassen. Ich will in Pfützen keine Quellen erkennen, und eine flache Ebene soll sich vor mir nicht scheinbar emporheben. Und vor allen Dingen will ich nirgendwo mehr ankommen, will mir nicht mehr den Weg nach X, Y oder Z weisen lassen. Auch will ich nicht mehr in die Irre gehen und glauben, es sei alles in bester Ordnung. Lieber will ich mich fortan immerzu verlaufen, aber im klaren Bewusstsein darüber, dass ich mich verlaufe. Kein Baum sei mir fortan nur Zeichen für eine Richtungsänderung auf meinem Pfad, sondern ich will ihn selbst betrachten, seine Bedeutung, die er für mich haben könnte, erfragen. Ich will die Wirklichkeit erkennen, statt sie nur wiederzuerkennen, und ich will sie erfahren, statt sie am Kiosk bloß zu erstehen.

Deshalb, Janine, bin ich fortgegangen, um meine Voraussetzungen zu ändern, um all die Sätze, die meine Wirklichkeit bislang bestimmten, nicht mehr hören zu müssen. Du wirst verstehen, dass ich dazu auch vor Deinen Sätzen fliehen musste, denn wie keine anderen haben diese in den letzten zwei Jahren bestimmt, wie ich meine Wirklichkeit wahrnahm. Das heißt nicht, dass ich in die Stille oder in das Schweigen geflohen bin. Überhaupt habe ich nicht vor, zum Einsiedler zu werden und der Welt zu entsagen. Ich will nur andere Sätze finden, Sätze, die mich und meine Wirklichkeit wieder miteinander versöhnen, anstatt, dass ich mit ihnen nur weiterhin eine zweite Wirklichkeit konstruiere, die zwar den Vorteil hat, pragmatisch mein Leben in sich aufzunehmen und es berechenbar zu machen, eine Wirklichkeit, die aber eine durch und durch zeichenhafte ist und daher das nicht fassen kann, was doch das Wichtigste an meinem Leben ist, nämlich seine Bedeutung. Um mir über diese klar zu werden, brauche ich aber nicht Einsamkeit, sondern Abgeschiedenheit, eine Abgeschiedenheit, die weit mehr ein Entsagen bestimmter Sprechweisen bedeuten will als ein Verkriechen in die sprachlose Natur.

Aber lass mich jetzt von banaleren Dingen reden. Du fragtest nach meiner Unterkunft. Ich kann Dir besten Gewissens sagen, dass es mir an nichts mangelt. Ich bewohne ein kleines Zimmer in einem sehr ruhig gelegenen Gasthof. Den Leuten hier habe ich erzählt, dass mein Aufenthalt durchaus bis in den Spätsommer dauern könne, und so haben sie mir einen verbilligten Tarif angeboten. Zum Zimmer gehört auch ein winziger Holzbalkon, auf den ich mir ein Tischchen und einen Stuhl habe stellen lassen. Hier sitze ich auch jetzt, während ich Dir diese Zeilen schreibe. Man hat von hier tagsüber einen angenehmen Blick auf einen nahen See und stets weht von dort eine frische Brise herüber. In meinem Zimmer befinden sich nur ein Bett, ein kleiner Wandschrank, ein weiterer Tisch, ein Stuhl und ein Waschbecken. Der Fußboden ist aus groben Dielen gezimmert und ächzt bei jedem Schritt. Die Wände sind weiß gekälkt, und über dem Bett hing ein gewaltiges Kruzifix mit einem dahinter befestigten eingestaubten Palmenzweig. Ich sage *hing*, weil ich mir erlaubt habe, dieses Arrangement von der Wand zu entfernen und im Schrank zu verstauen. Mein Zimmer hätte mich ansonsten zu sehr an eine Klosterzelle erinnert. Jetzt sind dort, wo das Kruzifix hing, zwei helle, sich kreuzende Rechtecke zurückgeblieben. Ich denke, diese Andeutung eines Kreuzes ist für mein Leben mehr als genug, denn ich glaube, kein so guter Christ gewesen zu sein, dass ich mir ein größeres Symbol über dem Bett als diese blasse Silhouette leisten dürfte.

Beleuchtet wird mein Zimmer mit einer einfachen Glühbirne, und auf dem Tisch befindet sich noch eine kleine Schreibtischlampe, die mir genügend Licht spendet, um auch noch bei Dunkelheit zu schreiben oder zu lesen. Auf dem Tisch stehen zwei Bilder, die ich von zuhause mitgenommen habe. Das eine zeigt Margret. Das andere zeigt Dich. Andere persönliche Dinge sind in meinem Zimmer nicht vorhanden. Die beiden Stiche, die hier hingen und ebenso wie das Kreuz zum Inventar des Gasthofes gehörten, habe ich ebenfalls entfernt. Mir schienen sie zu bedeutungslos, als dass ich sie jeden Tag vor den Augen haben wollte. Auf der Fensterbank liegen einige kleine Magnetbänder, besprochen mit fragmentarischen Sätzen, die mir beim Wandern zu- oder eingefallen sind und von denen ich Dir nach wie vor ein paar aufschreiben will. Vielleicht sind viele von ihnen nur Bruchstücke eines noch zu schreibenden Textes, aber ich bin mir sicher, dass ich mit den meisten von ihnen niemals rund kommen werde. Dennoch hält mich etwas davon ab, sie für blanken Unsinn zu halten. An den einen oder anderen Satz haben sich im Laufe der Zeit dann auch wieder andere Sätze angeschlossen. Dir will ich sie aber nur als Bruchstücke mitteilen, vielleicht, dass sie bei Dir einen ganz anderen Weg zum Sinn einschlagen als bei mir, vielleicht auch, dass Du sie das Papier nicht für wert hältst, auf dem sie geschrieben stehen.

Ich kann Dir übrigens meine spartanische Zimmereinrichtung nur empfehlen. Man hört auf, sich permanent ablenken zu lassen von diesem oder jenem Gegenstand, und man muss, wenn man etwas sehen will, aus sich selbst heraus dieses Etwas auf die weißen Wände projizieren. Das ist mitunter schwierig, und die weißen Wände spiegeln dann nichts wider als die Leere in einem selbst, eine Leere, die ich aber von nun an auszuhalten entschlossen bin. Ich habe hier deshalb auch keinen Fernseher, staune aber von Tag zu Tag mehr darüber, dass ich jahrelang mit einem solchen Apparat meine Abende verbracht, ja umgebracht habe, als ob sie nicht das Kostbarste wären, was ich überhaupt besitze. Wie viele Jahre habe ich sie mir zerreden lassen und in ihnen den Stumpfsinn von Waschmittelreklame und Autowerbespots geduldet? Wie viele Stunden ist in mich hineingesprochen, sind Bilder in mir abgelegt worden, ist mir die Wirklichkeit durch die Augen eines anderen Menschen, den ich nicht einmal mehr kannte und kennen wollte, weil ich über seine notwendige Existenz gar nicht nachdachte, präsentiert worden? Und rutschte ich nicht mit jedem Druck auf die Fernbedienung ein Stückchen tiefer hinein in meine selbstverschuldete Unmündigkeit?

Janine, es wird kühl hier auf meinem Balkon. Der Wind vom See her hat ein wenig aufgefrischt. Es ist jetzt die Zeit der Nachtfalter, und so will ich noch einmal hinausgehen, um vielleicht den einen oder anderen bei seinem zögerlichen Aufwachen zu beobachten.

6 Messingeule

Die Aula war festlich geschmückt. Vor dem geschlossenen Bühnenvorhang standen Blumenkästen und kleine, ballrund geschnittene Buchsbäumchen. Ein Streichquartett spielte Haydn. Als die letzten Töne verklungen waren, erhob sich der Schuldirektor, rückte sich die Krawatte zurecht und schritt zum Rednerpult. Er knipste eine kleine Lampe an und entfaltete einen Zettel. Nachdem er die anwesenden Schülerinnen und Schüler, die Eltern und Lehrer begrüßt hatte, hielt er eine kurze Rede über die besondere Bedeutung der Realschule in der modernen arbeitsteiligen Gesellschaft. Man hörte der Rede an, dass sie schon oft gehalten worden war, denn der Direktor legte Nachdruck in die Nebensätze und betonte seine Hauptsätze nur nebensächlich, wahrscheinlich, weil er sie selber nicht mehr glauben konnte und daher an anderer Stelle nach ihrer Bedeutung suchte. Schließlich verlas er die Namen der Schulabgänger. Die Aufgerufenen kamen nach vorn, um ihr Zeugnis und einen Händedruck des Direktors zu empfangen. Danach wurde es erneut sehr still in der Aula. Der Direktor trat wieder an sein Mikrophon und gab bekannt, dass er nun noch die freudige Aufgabe habe, den Schulpreis für die besten Leistungen zu vergeben.

Hast Du den Applaus noch im Ohr, das schrille Pfeifen Deiner Mitschüler, ihr Trampeln mit den Füßen und ihr minutenlanges Gejohle? Was war das für ein Gefühl, als Du nach vorne gingst, der Direktor Dir die Urkunde übergab, einen Strauß Blumen und eine faustgroße, glänzende Messingeule? Warst Du kein bisschen stolz, als Du den Preis in die Höhe hieltst und Dich einer der Fotografen dabei ablichtete? Du kamst zurück auf Deinen Platz, setztest Dich zwischen Margret und mich, drücktest mir die Eule in die Hand und sagtest: Hier hast Du was für Deine Trophäensammlung.

Mit dem Preis war die unausgesprochene Aufforderung verknüpft, zum Gymnasium zu wechseln und dort das Abitur zu machen. Zwar sträubtest Du Dich, weil Du von der Schule die Nase voll hattest, aber ich beredete Dich in jeder freien Minute, legte Dir auseinander, wie viel vorteilhafter ein Abitur sei, versuchte, Dir klar zu machen, dass Du studieren könntest und dass Du einmal viel mehr Geld auf leichtere Art verdienen würdest, als es Dir mit dem Realschulabschluss jemals möglich wäre. Doch Du bliebst stur und das Wort Geld war für Dich ein rotes Tuch, gegen das Du wütend anliefst. Dennoch gelang es mir, Dich mit Deiner wenn auch nur halbherzigen Zustimmung auf dem Gymnasium anzumelden. Ich war einfach fest davon überzeugt, dass Du es mir einmal danken würdest.

Zunächst schien es Dir keine Schwierigkeiten zu bereiten, Dich dem angeblich höheren Bildungsniveau des Gymnasiums anzupassen. Im Gegenteil. Du atmetest auf und behauptetest, dass es auf der Realschule viel strenger und disziplinierter zugegangen wäre. Die Anforderungen des Gymnasiums, so erklärtest Du uns, bestünden hingegen primär in der Fähigkeit, einen Sachverhalt kritisch zu demontieren, noch bevor man ihn auch nur annähernd zur Kenntnis genommen hatte. Zwar schien mir damals, dass Dir solche Formen substanzloser Kritik nicht ganz so fremd waren, wie Du vorgabst, doch war ich froh darüber, dass Du anscheinend mit der Schule wenig Probleme hattest. In meiner Zuversicht sah ich Dich bereits erneut mit der linken Hand den Primuspreis in Empfang nehmen und mit der rechten ein Abgangszeugnis, das Dir den Weg zum Studium ebnete.

Doch dann veränderte sich plötzlich Dein Verhalten. Du kamst abends immer später nach Hause, und morgens hatte Margret Not, Dich pünktlich aus den Federn zu holen. Gleichzeitig begannst Du, Dein Äußeres zu vernachlässigen. Röcke waren plötzlich tabu. Die Begeisterung, mit der Du Dich damals mehrmals am Tag in neuen Kleidern präsentiertest, wich einem totalen Desinteresse an der Mode. Du griffst immer wieder zu denselben Sachen. Vorwiegend sah ich Dich nur noch in Jeanshosen und langen übergroßen Pullovern. Selbst sonntags änderte sich daran nur wenig.

Dein Schminkkoffer, der mir zwar anfänglich ein Ärgernis gewesen war, landete eines Tages im Müll. In Deinem Zimmer wurden die Popstar-Poster entfernt und durch Kunstdrucke mit Werken von Salvador Dali und Roger Dean ersetzt.

Ebenso erstaunlich war die Veränderung Deines Musikgeschmacks. Die Primitivität ohrgefälliger Viervierteltakte, über die jemand mit schmachtender Stimme sein Liebesleid klagte, verwandelte sich ins taktlose Chaos von Geräusch- und Klangwelten, in die hinein nicht mehr gesungen, sondern meist beschwörend gesprochen wurde.

Deine Haare wurden immer länger, Dein Gesicht immer blasser, Deine Lippen immer blutleerer. Dazu gewöhntest Du Dir einen merkwürdigen Gang an. Der

Kopf war bei dieser Gangart stets etwas nach vorne gebeugt, während Du bei jedem Schritt leicht in den Knien wipptest, als ob Du zwei Stoßdämpfer verschluckt hättest.

Du kauftest Dir Unterhemden, die schon mein Großvater getragen hatte, mit langen Ärmeln und einer Knopfleiste, färbtest sie in düstere Farben und hülltest Dich in graue Nato-Jacken, auf deren Brusttaschen noch die amerikanischen Namen der einstigen Besitzer zu lesen waren. Also nannte ich Dich von nun an Smith, Dawson, Hampshire oder Cray.

Ein rot-weiß kariertes Palästinensertuch mit kleinen Bömmelchen zierte darüber hinaus Deinen Hals. Ich war mir sicher, dass Du nicht einmal mehr zu sagen gewusst hättest, wo Palästina liegt, wenn ich Dich danach gefragt hätte. Einmal hattest Du einen Siebenarmigen Leuchter auf Dein Pälestinensertuch gestellt, so dass beständig heißer Kerzenwachs darauf tropfte. Du konntest nicht begreifen, was ich daran so unmöglich fand, dass ich nicht eher ruhte, als bis Du dieses Arrangement wieder beseitigt hattest.

Deine Jeans wurden von Woche zu Woche mit größeren Flicken versehen, bis sie nur noch aus diesen Flicken zu bestehen schienen, und Deine Turnschuhe sahen aus, als ob Emil Zátopek sie zehn Jahre nacheinander beim Marathonlauf getragen hätte.

Du begannst zu rauchen. Wahrscheinlich hattest Du damit schon früher begonnen, es jedoch geschickt zu verheimlichen gewusst. Einmal, als Du noch zur Realschule gingst, fand ich nämlich im Hausmüll eine leere Schachtel Filterzigaretten, die nicht meiner Marke entsprach. Jetzt aber rauchtest Du Selbstgedrehte, und an

Deinem Hals baumelte stets ein Einwegfeuerzeug aus Plastik, eingenäht in ein Ledertäschchen, das an zwei speckigen Schnüren hing, die im Nacken verknotet wurden.

Kam ich in Dein Zimmer, so glommen dort Räucherstäbchen und Räucherkegel, die mir die Luft nahmen, so dass ich jedes Mal unter Protest versuchte, ein Fenster zu öffnen.

Deine Freundinnen und Freunde ließen sich immer schwerer von Dir unterscheiden. Auch sie hießen: Graham, Cowley, Jason oder Rogers und trugen dieselbe Haarfrisur, die darin bestand, keine zu sein. Es war schon paradox: In dem Bemühen, sich von der Uniformität der bürgerlichen Gesellschaft zu unterscheiden, wurdet ihr selbst zu einem uniformierten Kollektiv, das darüber hinaus seine Friedfertigkeit ausgerechnet durch militante Kleidung zu demonstrieren suchte.

An Samstagabenden kamst Du oft erst um vier oder fünf Uhr in der Früh nach Hause. Margret konnte nie eher schlafen, als bis Du zurück warst. Unter Deinen Augen entstanden langsam zwei dunkle Halbmonde. Du warst weder für Sport noch für sonstige Aktivitäten zu begeistern. Deine Leistungen in der Schule gingen rapide zurück. Schon nach einem Jahr war es fragwürdig, ob Du überhaupt versetzt werden würdest. Auch wurde es zunehmend schwieriger, in ein Gespräch mit Dir zu finden. Ich versuchte es in allen Tonlagen wie ein schlechter Imitator von Prominentenstimmen. Als das nicht gelang, bemühte ich mich, mit Dir zu fraternisieren. Ich borgte mir Deinen Tabak, hörte mir am Boden hockend bei Räucherstäbchenduft und herabgelassenen Rollladen ein gemäßigtes aber nicht enden wollendes Rockstück mit dem paradoxen Titel *Get ready* an oder das ebenso endlose Gitarrensolo eines Mannes namens Peter Frampton, das klang, als ob jemand in einem rotierenden Gummischlauch säße und Geschichten erzählte.

Natürlich las ich auch Jack Kerouacs *Unterwegs* und Salingers *Fänger im Roggen*, aber wenn ich danach mit Dir über diese Bücher sprechen wollte, winktest Du ab und sagtest nur: Mensch, Papa, Du musst immer alles gleich zerquatschen.

Ich begriff einfach nicht, wie Du mit Deinen Freunden zurechtkamst, welche Gemeinsamkeiten es zwischen euch gab, wenn ihr nicht miteinander redetet. Ihr konntet doch nicht immer so dasitzen und im Gefühlsvollzug vor euch hin schwelgen.

Wir sprechen schon miteinander, sagtest Du stets, wenn ich die Rede auf diese Dinge brachte. Aber auf eine Weise, die Du doch nicht verstehen würdest.

Schließlich begann die Zeit, wo Du mittwochs und samstags ins *Phönix* gingst. Eine Diskothek in einem Vorort, die früher einmal ein Kino gewesen war. Als ich das erfuhr, drohte ich Dir mit Hausarrest und Taschengeldentzug. Eine zugegeben etwas antiquierte Methode für ein modernes Problem, die Dich denn auch nicht beeindrucken konnte.

Das *Phönix* galt allgemein als Drogenumschlagplatz. Mehr jedoch als der schlechte Ruf dieses Etablissements beunruhigte mich die Tatsache, dass Du zu dieser Diskothek stets trampen musstest. Ich beschwor Dich, doch den Bus zu nehmen, schenkte Dir sogar eine Monatskarte, doch Du sagtest nur: Meinst Du, ich will mich lächerlich machen?

Dann gab ich Dir mittwochs und samstags Geld für ein Taxi. Du nahmst es dankend an, aber ich begann zu ahnen, dass Du es anderweitig ausgabst. Vor allem Margret hatte fürchterliche Angst, wenn sie erfuhr, dass Du wieder bei irgendjemandem mitfahren wolltest, den Du nicht kanntest. Sie bedrängte mich, irgendetwas zu tun. Sie wollte sich einfach nicht damit abfinden, dass Du Dich freiwillig solchen Gefahren aussetztest.

Also bot ich Dir eines Tages an, Dich zur Diskothek zu bringen und Dich dort in der Nacht wieder abzuholen. Aber natürlich machte ich das nur einmal. Denn mir die Nacht um die Ohren zu schlagen, bis um halb fünf Uhr morgens das Telefon klingelte und jemand sagte: Okay, du kannst mich jetzt holen kommen, dazu wollte ich mich nun doch nicht zweimal die Woche bereitfinden. So ließen wir Dich gewähren, grämten uns in unseren Betten, während Du irgendwo da draußen unterwegs warst, und atmeten erst auf, wenn die Haustür aufgesperrt wurde.

Irgendwann aber kamst Du auch gegen Morgen nicht mehr nach Hause. Gegen Mittag läutete manchmal das Telefon und eine übernächtigte Stimme sagte: Ich habe bei Heike geschlafen. Macht euch keine Sorgen.

Doch auch solche Anrufe wurden seltener, und irgendwann mussten wir uns eingestehen, jede Kontrolle über Dich verloren zu haben. Wir wussten nicht mehr, wo Du warst, wussten auch nicht, ob Du überhaupt noch regelmäßig zur Schule gingst. Manchmal schneitest Du am helllichten Tag zur Tür herein, gabst Margret einen Kuss, verschwandest auf Dein Zimmer, kramtest ein paar Sachen zusammen, fragtest mich nach etwas Geld und warst wieder verschwunden.

Eines Tages kam ich früher vom Dienst nach Hause. Es schien niemand daheim zu sein. Ich kochte mir einen Kaffee und setzte mich vor den Fernseher. Nach den Nachrichten drehte ich den Ton ab, weil ich Musik zu hören glaubte, die nicht aus dem Fernseher zu kommen schien. Ich begriff schnell, dass die Musik aus Deinem Zimmer kam. Jemand spielte auf einem alten Harmonium. Es war eine Melodie, die einfach und schmerzvoll zugleich klang. Irgendetwas daran zog mich an. Eine Frauenstimme lag über dieser Melodie. Ich verstand nur mehrmals das Wort *Nibelungenland*. Ich klopfte an Deine Tür und öffnete sie. Du saßt nur mit einem Slip bekleidet auf Deinem Matratzenbett und starrtest durch mich hindurch. Die Frauenstimme sang mit auffällig deutschem Akzent:

Since the first of you and me here and there
We lose the direction everywhere
Shrieking city sun shiver in my veins
In flames I run
In flames I run
Waiting for the sign to come

Janine, sagte ich, du bist hier? Aber Du gabst keine Antwort. Ich legte Dir eine Decke über die Schultern. Aber Du wehrtest sie ab. Dann sagtest Du, ich solle Dich in Ruhe lassen, und Du begannst, merkwürdige Dinge zu reden. Ich fragte Dich, wovon Du sprachst, aber Du äfftest mich nur nach, sagtest: Wovon, wovon, du weißt natürlich von nichts. Aber ich wusste tatsächlich von nichts.

Du sagtest so etwas wie, dass sie alle noch da seien

und uns anklagten. Sie seien zwar verbrannt worden, aber jetzt sei die Luft voll von ihren Atomen. Die kröchen durch jeden Spalt, die kämen durch die Schlüssellöcher, die ließen sich von uns einatmen. Sie seien in uns drin und klagten dort. Es seien viele, und es würden immer mehr. Ihnen wüchsen ein Mund und eine Stimme. Ob ich nicht auch hörte, wie sie in mir schrien?

Ich fragte, ob Du verrückt geworden seist, und verlangte, dass Du Dich beruhigen solltest. Aber Du sprangst auf und fuhrst mich an, dass mir das so passen könnte, alles, was sich bewege, ruhigzustellen.

Janine, sagte ich, Du bist übergeschnappt. Zieh Dir was an, dann reden wir weiter.

Nein, sagtest Du und stürztest aus dem Zimmer. Ich lief Dir nach.

Janine, rief ich, bleib stehen. Du kannst doch so nicht durchs Haus springen.

Kann ich doch, brülltest Du, ich kann sogar so auf die Straße.

Und schon bist Du draußen, läufst die Garageneinfahrt hinunter. Doch weil Du das Tor nicht schnell genug öffnen kannst, hole ich Dich ein und schleppe Dich zurück ins Haus. Eine filmreife Szene, denke ich nur. Dann hoffe ich, dass uns niemand gesehen hat. Im Wohnzimmer brichst Du schluchzend auf dem Sofa zusammen. Der Fernseher zeigt unterdessen unbekümmert Bilder von schönen Frauen mit Haarproblemen, offeriert ein Waschmittel, das noch weißer wäscht als weiß und bietet Tabletten an, die den Schmerz einfach abschalten.

Noch einmal raffst Du Dich auf. Und ich denke, nun

geht alles von vorne los, laufe zur Haustür und lege die Sperrkette vor, verbarrikadiere den Terrassenausgang mit einigen Stühlen. Aber Dich interessiert jetzt nur die faustgroße Messingeule auf dem Bücherregal. Du nimmst sie in die Hand, wiegst sie hin und her, faselst irgendetwas von einer Wahrheit, die ganz und gar verhärtet sei. Und während ich auf Dein pathetisches Gerede noch beschwichtigend jaja sage, und ehe ich verstehe, was Du vorhast, holst Du mit der Messingeule kräftig aus, als ob es gelte, bei den Bundesjugendspielen einen guten Platz im Schleuderball zu belegen, und lässt die Eule direkt in den Fernseher fliegen.

Es gibt eine kräftige Implosion. Aus der Rückwand des Fernsehers blitzen ein paar bläuliche Stichflammen. Der Geruch von schmurgelnden Elektrokabeln erfüllt rasch das Wohnzimmer.

Für einen Moment bin ich wie paralysiert und starre auf das Loch im Fernseher, so als ob ich es nicht für möglich gehalten hätte, dass hinter der schönen Bilderwelt nichts weiter existiert als ein paar nackte Kabelstränge. Dann aber reiße ich den Stecker aus der Dose und versuche, den Fernseher aus dem Wandschrank zu heben. Aber er hängt irgendwo mit den Anschlüssen fest und wie ich auch ziehe und zerre, ich kann ihn nicht losreißen.

Ich helfe dir, Papa, ruft da plötzlich jemand und kriecht halb in den Wandschrank hinein, löst flink einige der Kabel, als hätte er auf einer Feuerwehrschule jahrelang nichts anderes geübt, und trägt mit mir zusammen das qualmende Gerät in Richtung Terrassentür. Die ist allerdings mit Stühlen verbarrikadiert, aber mein Helfer ist auch auf solche unvorhersehbaren Schwierigkeiten vorbereitet und tritt die Stühle mit den nackten Füßen geschickt beiseite.

Schon geht es hurtig in den Garten. Der Fernseher qualmt noch immer. Wir husten uns die Seele aus dem Leib. Ohne vorherige Absprache steuern wir gemeinsam auf den Komposthaufen zu, wo wir laut bis drei zählen und den Fernseher zu den Kartoffel- und Eierschalen, dem Grün von Möhren, Kohlrabi und vertrocknetem Rasenschnitt werfen.

Da bekommst Du einen Lachkrampf, schaffst kaum den Weg zurück bis ins Haus, hältst Dich an der Wäschespinne fest und sackst immer mehr in Dich zusammen.

Fast im selben Moment erscheint über der Hecke der lockenwicklerbestückte Kopf unserer Nachbarin. Als Du ihn siehst, ist es ganz aus mit Dir, und ich befürchte, Du könntest Dir in das bisschen Hose machen, das einzige Kleidungsstück, das du nach wie vor trägst. Gleichzeitig starre ich auf die Erscheinung dort vor mir wie auf das Haupt der Medusa.

Es ist alles in Ordnung, rufe ich der Nachbarin zu und schiebe Dich zurück ins Haus.

Im Wohnzimmer verstummst Du plötzlich, nimmst Dir eine Decke und wickelst Dich von Kopf bis Fuß darin ein. Dann stehst Du ganz still da wie ein Indianerkrieger am Ende einer verlorenen Schlacht. Und die Sätze, die Du vor Dich hin murmelst, ängstigen mich, weil es unmöglich die Sätze meiner Tochter sein können. Ja, es ist, als ob irgendein Dibbuk in Dich gefahren wäre und durch Deinen Mund zu mir redete.

Sie kommen über die Hügel und über die Berge, flüsterst Du. Sie fallen ein in die Täler und in die Städte. Sie dringen in jedes Haus und in jede Wohnung. Sie setzen sich zu Dir aufs Sofa und legen sich zu Dir ins Bett. Sie suchen nach ihrem Bruder, ihrem Bruder mit dem Zeichen auf der Stirn. Sie suchen nach Kain.

Janine, sage ich und lege Dir einen Arm um die Schulter, es ist gut jetzt. Wir wollen langsam wieder vernünftig werden.

Wo hältst du dich versteckt, Kain? flüstern sie immerzu. Die Welt ist nicht groß genug, sich auf ewig zu verstecken. Wir werden dich finden. Die Erschlagenen werden dich aufspüren. Es gibt für dich keine Zuflucht.

Hör bitte damit auf, sage ich noch einmal und beginne, Dich sanft hin und her zu schütteln.

Und sie suchen unter deinem Bett und in deinem Schrank, und dann suchen sie in dir. Sie öffnen deinen Bauch und wühlen in deinen Därmen. Sie entnehmen dein Herz und halten es gegen das Licht. Wo bist du, Kain? flüstern sie. Kein Herz gewährt dir mehr Asyl. Du bist verloren, Kain, du bist verloren.

Verdammt, Janine, du sollst still sein.

Und dann stecken sie ihre langen dünnen Knochenfinger in deine Ohren und bohren dir immer tiefer in den Kopf. Gib doch auf, Kain, sagen sie. Da ist kein Gedanke, der dich länger beherbergt, da ist keine Erinnerung, die dich erinnert. Es ist zu Ende, Bruder. Gib auf, Bruder!

Ich beginne, Dich kräftig durchzurütteln.

Und Kain, wo ist Kain? Er ist noch immer unterwegs. Er ruht nicht und rastet nicht. Er läuft um sein Leben. Sieh nur, wie er flieht! Die Anstrengungen haben ihn ausgemergelt. Haut und Knochen sind längst von ihm abgefallen. Nur noch das Zeichen auf seiner Stirn ist von ihm übriggeblieben, das jagt immer weiter durch die Welt, allein und unaufhaltsam. Ein Zeichen geht durch die Welt, das findet keine Zuflucht. Wohin es auch kommt, da ist kein Platz. Kein Kopf will es erinnern, kein Herz nimmt es auf. Und so flieht es aus der Welt heraus, flieht immer weiter durch Raum und Zeit hinaus in den leeren Kosmos, flieht bis in alle Ewigkeit und kann seinen Nachstellenden doch nicht entgehen.

J–a–n–i–n–e!

Nur Gott könnte es retten, Gott, der das Zeichen gemacht hat, könnte es zurücknehmen. Aber Gott, wo ist Gott? Wo denn bloß, wo? Ich kann ihn nicht sehen, Papa. Oder ist es der dort, der Gewaltige, in dessen Stirn das Zeichen einschmilzt wie eine heiße Münze in ein Fass mit kalter Butter, ist er es, Papa, ich ...?

Bis heute ist mir der fürchterliche Krach gegenwärtig, der entstand, als Du – nachdem ich Dir zugegeben einen kräftigen Schlag verpasst hatte – wie ein gefällter Baum in den Spirituosenwagen stürztest. Likör- und Cognacflaschen zersplitterten auf den gebrannten Lehmfliesen, als ob sie winzige Sprengsätze enthalten hätten. Eine alkoholische Duftwolke stieg wie ein nach Jahrhunderten endlich befreiter Flaschengeist in die Höhe und neigte dann sein Ohr dienstbeflissen zu uns herab. Kostbare Blei- und Kristallgläser zerschellten zwei Zentimeter neben dem weichen Perserteppich. Und Du lagst gekrümmt zwischen weinroten, bernsteinfarbenen, curacaoblauen und eigelben Pfützen, als ob hier soeben ein Happening zu Ende gegangen wäre, dessen Kunstanspruch doch mehr als zweifelhaft gewesen war.

Ich gebe zu, für einen Moment froh gewesen zu sein, dass Du endlich Ruhe gabst. Und erst nachdem ich einige Male tief durchgeatmet hatte, hob ich Dich vorsichtig auf und entfernte einige Splitter aus Deiner Haut. Außer einer kleinen Schnittwunde an der Stirn waren die Verletzungen allerdings harmlos. Ich trug Dich in Dein Bett und drückte Dir eine Mullkompresse auf die Stirn.

Was ist passiert? flüstertest Du leise.

Nichts, sagte ich. Du trägst jetzt nur ein Zeichen auf der Stirn. Mehr nicht. Aber Du sahst mich an, als ob ich es gewesen wäre, der den Verstand verloren hatte.

Als Margret nach Hause kam, versuchte ich zunächst, ihr die Wahrheit zu verschweigen. Ich sagte, wir hätten vor dem Fernseher gesessen, als dieser sich plötzlich mit einem Knall verabschiedet habe. Dabei seist Du vor Schreck gegen den Getränkewagen gelaufen und ...

Aber Margret sah mich nur an, als ob sie mir kein Wort glaubte, und als sie mit mir zusammen den Fernseher im Komposthaufen in Augenschein nahm, bemerkte sie dummerweise sogleich die Messingeule, welche uns wie aus einem Brutkasten mit zu großem Einflugloch anstarrte.

Ich will wissen, was geschehen ist! insistierte Margret. Also erklärte ich ihr alles.

Margret bestand darauf, einen Arzt zu rufen. Sie war der Meinung, dass Du Hilfe brauchtest. Wir wissen zu wenig von diesen Dingen, sagte sie. Bitte, ruf Dr. Geerdes an!

Zwei Stunden später erschien der Doktor. Er stellte seinen schwarzen Arztkoffer auf Deinen Schreibtisch und leuchtete Dir in die Pupillen, betrachtete Deine Zunge, hörte Dein Herz ab, untersuchte Deine Unterarme und Füße und pinselte Dir die Stirnwunde mit etwas Jod ein. Er wollte wissen, was Du geschluckt hattest, aber Du bliebst stumm.

Als er seine Gerätschaften wieder in den Koffer packte, nahm er plötzlich vom Schreibtisch ein rosafarbenes Löschpapier auf, das mit kleinen Mickey-Mäusen bedruckt war. Über den Köpfen der Mäuse schwebten Denkblasen, die angefüllt waren mit winzigen Sternchen, Fäusten und Ausrufungszeichen.

Zwei Stückchen des Löschblatts waren abgerissen, und Dr. Geerdes stellte Deinen Papierkorb auf den Kopf, wühlte in zerknüllten Zetteln, Taschentüchern und leeren Tabakpaketen, schnupperte schließlich an dem Löschblatt und nickte mir komplizenhaft zu.

Für einen Moment glaubte ich, jetzt habe auch Dr. Geerdes den Verstand verloren, und wir hätten es hier mit einem heimtückischen Virus zu tun.

In einer Hand den Koffer, in der anderen das Löschblatt, das er aufgeregt hin und her flattern ließ, verließ Dr. Geerdes das Zimmer. Margret und ich folgten ihm. Im Wohnzimmer legte er das Blatt sorgfältig auf den Tisch, ähnlich einem Kriminalkommissar, der Beweismaterial sichergestellt hat, das den Fall endgültig zu lösen verspricht. Wir stellten uns an die andere Seite des Tisches und sahen Dr. Geerdes erwartungsvoll an.

Wenn ich heute über diese Szene in unserem Wohnzimmer nachdenke, so ist es mir nicht mehr möglich, ernst dabei zu bleiben. Damals aber empfanden Margret und ich diese Stunde als eine der schlimmsten unseres Lebens.

Könnte ich wohl ein Glas Wasser bekommen? fragte Dr. Geerdes, als ob er sich für einen längeren, abendfüllenden Vortrag rüsten wollte. Ich brachte ihm ein Glas, und er nippte nur zweimal daran, kam aber dann ohne lange Vorrede sogleich zur Sache.

Jede dieser kleinen Mäuse, sagte Dr. Geerdes und tippte auf das Löschpapier, enthält eine winzige Menge Lysergsäure-Diäthylamid, die eingenommen manisch-depressive Zustände mit psychomotorischer Erregung und Halluzinationen hervorruft. Bekannter dürfte Ihnen diese Substanz allerdings unter ihrem Kürzel LSD sein. Lysergsäure ist eine organische Säure, ein Baustein der Mutterkornalkaloide. Diäthylamid ...

Doch schon hier vermochten wir seinem Vortrag nicht mehr zu folgen. Denn die drei Buchstaben, die er inmitten seiner Rede so ganz nebenbei verloren hatte, waren wie drei Hammerschläge, mit denen das Schicksal ein Urteil an unsere Bewusstseinsschwelle nagelte, das wir wie erstarrt zur Kenntnis nahmen, ohne jedoch die daraus resultierenden Folgen zu begreifen.

Die Wirkungsmechanismen, fuhr Dr. Geerdes fort, die zu diesen eigenartigen, reversiblen, manchmal der Schizophrenie ähnlichen psychischen Veränderungen führen, sind noch gänzlich ungeklärt. Man nimmt aber allgemein an ...

Bitte, Dr. Geerdes, unterbrach ich seinen Vortrag, sagen Sie uns doch lieber, was wir jetzt konkret tun können, um Janine zu helfen.

Nun, ehrlich gesagt nicht viel, sagte Dr. Geerdes, wobei der Tonfall seiner Stimme aus den euphorischen Höhen vorgetragenen Wissens in die depressiven Niederungen unbefriedigender Ratschläge herabstürzte.

Ihre Tochter ist vor kurzer Zeit achtzehn geworden und trägt somit selbst die Verantwortung für ihr Tun. Wenn Sie mich fragen, so ist LSD allerdings nur eine Zusatzdroge für Ihre Tochter. Ihr Hauptkonsum dürfte sich allem Anschein nach auf Cannabisprodukte beschränken.

Cannabis? fragte Margret.

Haschisch, sagte Dr. Geerdes, als ob er von einem plötzlichen Zungenfehler heimgesucht worden wäre.

Haschisch, wiederholte Margret, als hätte sie es schon immer geahnt, und ließ sich rücklings in den nächstbesten Sessel fallen.

Braucht sie einen Entzug? fragte ich. Doch Dr. Geerdes winkte ab.

Wissen Sie, sagte er und seine Stimme bekam jetzt den Tonfall eines Verschwörers, ich würde das in der Öffentlichkeit zwar niemals sagen, und ich sage es Ihnen daher auch nur ganz im Vertrauen, aber Haschisch und Marihuana sind keine so gefährlichen Drogen wie mancher auf Wählerstimmenfang befindliche Politiker dies gern behauptet. Alkohol zum Beispiel ist eine sehr viel gefährlichere Droge, die die Persönlichkeit verändert und abhängig macht und der man dennoch, glaubt man einigen einschlägigen Zeitungen, selbst in der Kantine des Bundestages gern und reichlich zuspricht. Cannabisprodukte sind zwar auch nicht gesund, aber sie enthalten nicht annähernd die Gefahren, die der Alkohol birgt. Es besteht also in Bezug auf Janine noch kein Grund zur Hysterie. Aber ich sage bewusst *noch*, denn natürlich sind die Drogen, die Ihre Tochter jetzt nimmt, allgemein als Einstiegsdrogen bekannt. Sie müssen dafür sorgen, dass sie auf keinen Fall auf Heroin oder irgendwelche Opiate umsteigt.

Aber wie können wir das verhindern? fragte ich Dr. Geerdes.

Wenn Janine nachher aufwacht, sagte Dr. Geerdes, wird sie wieder ganz normal sein. Behandeln Sie sie dann nicht, als ob sie krank wäre. Reden Sie mit ihr. Versuchen Sie die, Gründe zu erfahren, warum sie Drogen nimmt, und schaffen Sie diese Gründe ganz einfach ab.

Man kann mit meiner Tochter nicht reden, sagte ich. Und sie spricht auch nicht über ihre Probleme mit uns. Sie weiß nicht, was sie mit ihrem Leben anfangen soll. Ihr erscheint alles sinnlos. Und meine Frau und ich sind unfähig, ihr einen Sinn zu vermitteln. Sollen wir ihr denn sagen, wie schön es ist, Erfolg im Leben zu haben, Geld zu verdienen, eine Familie zu gründen, sich ein Haus zu kaufen und sommertags auf Mallorca den Bauch in die Sonne zu halten?

Nein, sagte Dr. Geerdes, sagen Sie ihr nur, dass Sie sie lieben. Das ist alles, was Sie tun können.

Aber natürlich lieben wir sie, wandte ich ein, sie ist schließlich unsere Tochter.

Haben Sie es ihr schon einmal gesagt? fragte Dr. Geerdes mit deutlich inquisitorischem Unterton.

Aber das weiß sie doch, rechtfertigte ich mich, das ist doch selbstverständlich.

Sehen Sie, sagte Dr. Geerdes, Sie haben es ihr noch nicht gesagt.

Sie haben gut reden, klagte auch Margret jetzt, als ob wir nicht alles versucht hätten. Sie bekommt doch auch alles von uns.

Davon bin ich überzeugt, sagte Dr. Geerdes, aber das Problem besteht darin, dass Sie ihrer Tochter nicht helfen, wenn Sie nur weiterhin ihre materielle Versorgung gewährleisten. Im Gegenteil. Sie erhalten damit in Wahrheit nur den desolaten inneren und äußeren Zustand ihrer Tochter stabil. Ich teile daher die Auffassung einiger meiner Kollegen, dass man Drogenkranke am besten konsequent aus ihrem bisherigen Umfeld herauslöst. Therapeutisch gesehen ist es besonders zweckmäßig, wenn sie eine Zeitlang, in schweren Fällen sogar für Jahre, Freunde, Familie, Orte, Plätze, die ihnen bekannten Straßen, Häuser und Wohnungen, kurz: ihr ganzes Bezugs- und Umfeld aufgeben. Glauben Sie mir, ein halbes Jahr unter Indianern im brasilianischen Urwald und viele dieser Menschen wären entweder geheilt oder hätten gelernt, sinnvoll mit Drogen umzugehen. Aber wir müssen es nicht gleich übertreiben, dämpfte Dr. Geerdes seine Rede, weil er wohl bemerkte, dass er etwas zu emphatisch geworden war.

Eine Fahrt ans Meer oder in die Berge tut's auch.

Sie meinen, Janine sollte Urlaub machen? fragte Margret.

So ähnlich, ja, sagte Dr. Geerdes. Allerdings eine Art Therapieurlaub. Sagen Sie, gibt es irgendetwas, wo Janine nicht widerstehen kann, irgendetwas, wobei sie sofort schwach wird. Etwas, wofür sie sich stets begeistert hat?

Ich zuckte nur mit den Achseln und dachte mir insgeheim, dass es wohl nur die Drogen waren, auf die all dies zutraf.

Das ist nicht viel, sagte Dr. Geerdes. Ich sehe, Sie wissen nicht das meiste über Ihre Tochter.

Ich wollte widersprechen, aber da sagte Margret plötzlich: Pferde. Janine liebt Pferde.

Na, wunderbar, rief Dr. Geerdes. Mit Ihrem Einverständnis werde ich versuchen, etwas in die Wege zu leiten. Es wird vielleicht nicht ganz billig sein, aber glauben sie mir, es ist zumindest eine Chance.

Aber wie soll das konkret vor sich gehen? fragte ich.

Nun, sagte Dr. Geerdes, ich habe Freunde, die Freunde haben. Darunter wird wohl auch irgendwo ein Pferdestallbesitzer sein.

Schauen Sie sich meine Tochter an, wandte ich ein, würden Sie meiner Tochter Ihr Pferd anvertrauen? Sie bringt es ja kaum fertig, sich selbst zu kämmen.

Da werden wir halt nachhelfen müssen, sagte Dr. Geerdes.

Sie meinen, wir schmieren den Pferdestallbesitzer, damit er meine Tochter bei sich arbeiten lässt?

Das ist vielleicht etwas hart ausgedrückt, sagte Dr. Geerdes, aber im Prinzip haben Sie es erfasst.

Und wenn Janine irgendwann herausbekommt, wie die Sache läuft? fragte ich.

Das, erwiderte Dr. Geerdes und schlug mit seiner rechten Faust auf ein imaginäres Rednerpult, darf auf keinen Fall passieren.

Es ist spät und kalt geworden, Janine. Selbst die Decke über meinen Knien wärmt mich nicht mehr. Im Osten setzt bereits wieder die Dämmerung ein. Du wirst daher verstehen, dass ich für heute Schluss machen muss. Nur eines noch: Wusstest Du, dass es auch einen Nachtfalter mit Namen Messingeule gibt? Er gehört zu einer kleineren Art der Eulenfalter. *Plusia Chrysitis.*

Über seine bräunlichen Vorderflügel laufen gelbgrüne messingfarbene Querbänder. Wie bei allen metallisch-glänzenden Farben der Schmetterlinge beruht aber auch diese Messingfarbe nicht auf Farbpigmenten, sondern sie wird durch Lichtreflexe hervorgerufen. Der Falter absorbiert die größten Teile des weißen Sonnenlichts und reflektiert nur ein bestimmtes Wellenlängenspektrum, das dem der Messingfarbe entspricht. Der Messingglanz ist also nichts als bloßer Schein. Und aus allen Messingeulen der Welt ließe sich daher nicht ein Tropfen echte Messingfarbe gewinnen. Das, Janine, ist die Wahrheit!

7 Nachtpfauenauge

Der späte August hat in diesem Jahr viel Ähnlichkeit mit dem April. Morgens dampfen die Wiesen im Frühnebel. Es ist kalt und trübe. Am Vormittag aber verzieht sich der Nebel, und eine grelle Sommersonne trocknet rasch die Wege auf, so dass man beim Gehen schon bald wieder Staub aufwirbelt. Am Nachmittag aber rücken oft von Osten her schwere Wolken heran, verdunkeln die Sonne und lassen die Temperaturen erneut in den Keller stürzen. Nicht selten gehen auch intensive Schauer nieder. Gegen Abend ist dann alles möglich. Entweder kommt noch einmal die Sonne hervor, und es entsteht in wenigen Minuten ein freundlicher Spät-sommertag, so dass man zufrieden auf einer Bank Platz nimmt und der kommenden Nacht gelassen entgegen-sieht, oder der Himmel verfärbt sich schiefergrau, und ein frischer Wind lässt an die ersten ungemütlichen Frostnächte denken.

Ja, das Wetter, Janine, ist für uns ältere Leute stets ein ergiebiges Gesprächsthema, denn es hört nie auf, sich zu verändern. Immer ist es in Bewegung. Kein Zustand, den es sich schafft, ist von langer Dauer. Immer wieder bricht die Hochdruckbrücke ein, immer wieder wird dem Tiefausläufer ein Damm gesetzt. Stark abwechslungsreiches Wetter, wie ich es in diesen Tagen erlebe, führt bei mir nicht selten zu einer zeitlichen Orientierungslosigkeit. Es gibt Momente, da weiß ich nicht, ob der Sommer noch bevorsteht, oder schon zu Ende ist. Ein Gefühl, das den Ostertagen vorbehalten bleiben sollte, dehnt sich plötzlich in mir aus, zerplatzt mit einem Schlag und lässt mich an die lange dunkle Vorweihnachtszeit denken. Erinnerungen, die unter den heißen Sommertagen verschüttet lagen, richten sich wieder auf und klopfen sich den Staub von den Schultern. Wir sind alle noch da, scheinen sie sagen zu wollen. Mach dir keine falschen Hoffnungen. Und so gehe ich mit hängendem Kopf ein Stück des Weges mit ihnen, bis ich irgendwann aufsehe und feststelle, dass sie doch noch einmal verschwunden sind und mich daher wohl für ein Weilchen wieder in Ruhe lassen.

Die Wanderwege oben in den Hängen und unten in den Tälern sind einsam geworden. Kaum ein Mensch verliert sich noch hierher. Aber ich muss gestehen, dass mir die Wälder so menschenleer fast noch lieber sind. Vor allem ihre Dunkelheit, in die sie sich jetzt im Spätsommer wieder hüllen, verleiht ihnen eine geheimnisvolle Anziehungskraft. Dabei bilde ich mir nicht ein, dass ich einer der letzten Menschen bin, die den Wald noch zu schätzen wissen. Ich weiß durchaus, dass der Wald nichts Ursprüngliches mehr hat. Keine pseudoromantische Weltverklärung umnebelt meinen Geist. Ich weiß, dass diese Wälder aus wirtschaftlichen Interessen angepflanzt wurden. Und so weiß ich auch, dass mein dunkler Wald nichts mit jenem in alten Romanen und Geschichten gemein hat, weil dieser nur Ausdruck eines menschlichen Unvermögens ist, nämlich einen Wald anzupflanzen, bei dem nicht ein Baum dem anderen in der Sonne steht, jener andere dunkle Wald aber Ausdruck unseres Vermögens, nämlich Licht in die Dunkelheit der Welt zu bringen. Ist mein Wald doch nur ein lichtloses Holzgestänge, das auf seinen profitablen Kahlschlag wartet, während jener der Romantiker ein phantasie- und daher lichtreicher Raum war, in dem alles wahr werden konnte.

An diesen ersten trüben Tagen beginnen sie hier auch wieder, der Toten zu gedenken. Die Menschen sind aus dem Urlaub zurück und pflegen die Gräber ihrer Angehörigen. In der Dunkelheit des immer früher einsetzenden Abends flackern mancherorts bereits die roten Grablichter. Tagsüber sieht man auf den Friedhöfen Leute, die Unkraut zupfen oder die Gräber neu bepflanzen. Nach getaner Arbeit stehen sie still da, den Kopf leicht gesenkt, die schmutzigen Hände gefaltet, und murmeln rasch ein Gebet. Dann bekreuzigen sie sich, verstecken ihre Harke oder einen kleinen Spaten hinter dem Grabstein und gehen davon.

Die Hecken der Friedhöfe werden immer durchlässiger. Hier und da sind leere Vogelnester freigelegt und durch die immer größeren Löcher, die der Wind reißt, sieht man auf die Grabsteine. Und dennoch: wie weit wir den Tod aus unserem Leben ausgegrenzt haben! Kaum zu glauben, dass es noch Naturvölker gibt, die an hohen Festtagen ihre mumifizierten Toten ans Licht holen, mit ihnen tanzen, sie an die Tafel setzen und sie erst, wenn das Fest vorüber ist, wieder zurück in die Gruft legen. Wir hingegen nageln unsere Toten in lichtlose Holzsärge ein, die man in der Erde versenkt, damit die Toten für immer und ewig aus dem Leben ausgegrenzt bleiben. Denn wir dulden nicht, dass sie uns körperhaft an die Unausweichlichkeit unseres eigenen Schicksals erinnern. Noch bei den Griechen kann man es allerdings erleben, dass dort, wo der Kopf des Toten sich befindet, ein Fenster in den Sargdeckel eingelassen ist, damit ein jeder dem Verstorbenen ein letztes

Mal ins Angesicht blicken kann. Und nicht selten wird von der trauernden Gemeinde der Sarg geöffnet und der Tote mit Küssen und Tränen bedeckt. Solche Intimität mit dem Tod ist hierzulande tabu. Hier starrt man während der Totenmesse auf eine Kiste aus Edelholz, und die Vorstellung, dass in dieser Kiste wirklich derjenige liegt, von dem man Abschied nehmen soll, ist für manchen weitaus unerträglicher, als es der Anblick des Toten wohl wäre.

In den Seen rundum badet fast niemand mehr. Die Angler sind zurück und blicken schweigend ins Wasser, so als ob sie der lauteren Tage gedächten, da hier Kinder tobten und das Wasser von Schlauch- und Touristenbooten durchpflügt wurde. Selbst die kleinen Motorflugzeuge brummen nur noch selten am Himmel. Und doch ist es, als ob die Unbeschwertheit des Sommers jeden Augenblick noch einmal zurückkommen könnte: das Grillengezirp auf den Wiesen in der Mittagsglut, die im Schatten eines Baumes wiederkäuenden Kühe, das verhaltene Plätschern eines Quellbachs, die zittrige Dunsthaube über der fernen Landschaft. Soll es damit wirklich wieder auf ein Jahr vorbei sein? Es ist einem zu Mute, wie bei einem übereilten Abschied von einem Ort, den man noch gar nicht mit vollem Bewusstsein wahrgenommen hat. So vieles blieb unbeachtet und kommt vielleicht nicht wieder. Und sollte es einem im nächsten Jahr noch einmal vergönnt sein, in dieser Landschaft umherzuschweifen, so verspricht man sich schon jetzt, alles weitaus bewusster wahrnehmen und erleben zu wollen als es einem diesmal möglich war.

Weil man in meinem Alter aber nicht wissen kann, ob

einem zur Einlösung dieses Versprechens überhaupt noch ein neuer Sommer beschert wird, habe ich beschlossen, den Sommer nicht allein fortziehen zu lassen, sondern mit ihm davon zu ziehen. Seit einigen Tagen steht mein Entschluss fest: Ich will nach Süden, Tag für Tag ein Stückchen weiter nach Süden. Ich fühle mich gesünder denn je, seitdem ich diesen Plan gefasst habe. Warum hier bleiben und die kalte Jahreszeit beklagen? Warum wieder einen Winter lang an Gelenkrheuma und Grippe laborieren? Nein, ich will fort von hier. Ich will mit den Faltern über die Alpen, bevor die ersten Kälteeinbrüche uns den Weg nach Süden versperren. Und deshalb muss ich schon bald aufbrechen, denn in meinem Nachtfalterbuch steht, dass viele Schmetterlinge zu spät den Weg zurück in den Süden antreten. Zu Tausenden soll man sie manchmal auf alpinen Gletscherzungen liegen sehen, wo sie noch eine Weile hilflos mit den Flügeln zucken, bevor sie sterben. Dennoch versuchen es ihre Artgenossen Jahr um Jahr aufs neue. Denn wer hat schon die Chance, auf einem frostfreien Dachboden überwintern zu dürfen, zumal in Deutschland, wo nicht nur für Insekten alle Nischen, Spalten und Zufluchtsstätten täglich ein bisschen mehr verschlossen werden? Und wer erst mag sich mit solcher gefahrvollen Überwinterung begnügen wollen, wenn doch die Hitze Afrikas lockt? Besser also in einer warmen Illusion erfrieren als trocken und blind über den Winter kommen.

Für mich selbst kommt allerdings ein anderer Kontinent nicht mehr in Frage. Ich will mich mit den südlichen Grenzen Europas begnügen. Aber wer weiß, vielleicht verbringt man den Winter ja auch angenehm in Cádiz, auf Sizilien oder dem Peloponnes. Noch nie bin ich im Süden über Rimini hinausgekommen, nach Westen war Paris meine weiteste Reise, nach Norden die Insel Schiermonnikoog und nach Osten Berlin.

Vielleicht liegt es daran, dass ich den Flug immer gescheut habe. Mir schien das Fliegen stets eine zu überhebliche Fortbewegungsart für Menschen. Eisenbahn-, Schiffs- und Autofahrten waren bislang meine Art der Fortbewegung. Doch glaube ich, erst jetzt die beste Fortbewegungsmethode der Welt entdeckt zu haben, nämlich das Gehen.

Schritt für Schritt die Welt durchmessen, die man hinter sich zurücklässt. Ihre Veränderung in den Beinen spüren, die Entfernung mit allen Sinnen erfassen, und den Verstand nicht am Frankfurter Flughafen aufgeben und in Sidney oder Los Angeles am Kofferkarussell wieder abholen. Ein ganzer Mensch bleiben zwischen den Orten, nicht nur ein Transportgut. Das Ziel immer wieder aus den Augen verlieren, Umwege nicht scheuen, Geradlinigkeiten meiden, die Ankunft mit sich tragen und zugleich überall Abschied nehmen, dies scheint mir die einzige Art der Fortbewegung zu sein, die dem Menschen angemessen wäre.

Nach nur zwei Tagen Fußmarsch werde ich weiter von zuhause entfernt sein als nach einem zweistündigen Flug, weil auch meine Gedanken weitergegangen und nicht auf eine Zeitung konzentriert stehen geblieben sind. Entfernung wird mir nicht einfach nur zustoßen, sondern sie wird durch mich hindurchgehen, Schritt um Schritt. In nur einer Woche werde ich gar so unendlich weit fort von allem sein, dass mich die ersten Bedenken beschleichen werden, ob ich jemals mein Zuhause wiedersehen werde. Und denke nur erst, in zwei oder drei Monaten!

Du wirst fragen wollen, was ich in Europas Süden will. Ich will es Dir verraten: Ich will auf die Sehnsucht warten, die mich zurück nach Hause treibt. Ich will sie so stark werden lassen, bis ich es nicht mehr aushalte. Keinesfalls aber werde ich mich dann in den nächsten Zug setzen, um in wenigen Stunden wieder zuhause zu sein und sogleich zu vergessen, wonach ich Sehnsucht verspürte, sondern ich werde sie Schritt um Schritt, Kilometer für Kilometer auskosten wie einen ganz edlen Wein. Anders als Du es vor vielen Jahren getan hast, werde ich meine Sucht also aus mir selbst heraus zu stillen versuchen. Alles, wonach ich Sehnsucht empfinde, will ich mir dann auf dieser Heimreise klar ins Bewusstsein rufen, will mich an alles erinnern, woran mein Herz hängt, will meine Vorstellung so deutlich werden lassen, bis ich zum ersten Mal erkenne, was es wirklich ist, das mich nach Hause treibt. Wirst Du es sein? Wird es Margrets Grab sein? Das Haus? Der Garten? Die heimatlichen Straßen? Die Stadt? Oder werde ich die schreckliche Erfahrung machen müssen, dass da nichts ist in der Welt, wonach ich Sehnsucht empfinde? Mir scheint das unmöglich, denn schon jetzt sind da Worte und Namen in meinem Kopf, die mir, sobald ich sie denke, einen Stich versetzen, als ob in ihrem Klang Hunderte von Erinnerungen schliefen, die zu wecken schmerzhaft und lustvoll zugleich sein wird.

Weißt Du noch, Janine, wie eines Abends Dr. Geerdes anrief? Du warst *zufällig* daheim. Er sprach mit Dir, sagte, er habe so ganz nebenbei einmal von uns gehört, dass Du Dich ein wenig für Pferde interessiertest. Und dann erzählte er Dir, dass einer seiner Schweizer Freunde dringend jemanden für seinen Reitstall suchte. Einen Stallknecht sozusagen. Ziemlich harte und schmutzige Arbeit, da wollte er Dir nichts vormachen. Vielleicht wäre es auch eigentlich nichts für eine Frau. Aber er habe gedacht, Du hättest vielleicht trotzdem Interesse. Es wären ja gerade Schulferien, und es gäbe auch ein wenig Geld. Nicht viel freilich, aber die Landschaft dort in der Schweiz entschädige für manches. Und außerdem könntest Du kostenlos ein paar Reitstunden nehmen. Aber er könnte natürlich verstehen, wenn Du Dich momentan körperlich nicht so ganz wohlfühltest. Und die Schweiz wäre ja nun auch sehr weit weg. Und wofür den Luxus zuhause aufgeben, wenn einen in der Fremde nur Pferdemist erwarte. Na, es wäre nur so eine Idee gewesen. Wenn Du trotzdem Interesse hättest, solltest Du zurückrufen.

Es gelang Dr. Geerdes sehr rasch, die fast erloschene Flamme Deines Willens wieder anzufachen. Und Margret und ich trugen sogleich leicht entflammbares Brennmaterial herbei, indem wir Dir, so wie wir es mit Dr. Geerdes abgesprochen hatten, von diesem Vorhaben abrieten.

Du bist doch augenblicklich viel zu geschwächt, sagten wir. Bleib lieber zuhause, hier hast Du doch alles, was Du brauchst. Was willst Du für ein bisschen Geld Mist schaufeln? Du bist doch viel zu mager für diese Arbeit. Und was werden Deine Freunde erst sagen? Werden sie Dich nicht auslachen?

Das alles sei Dir scheißegal, sagtest Du endlich, ich fahre, und wenn ihr euch auf den Kopf stellt!

Und dann sprachst Du eine gute Stunde mit Dr. Geerdes und klärtest die Modalitäten Deiner Reise.

Als der Zug den Bahnhof verließ, und wir Dir nachwinkten, war uns nicht ganz wohl. Wir hatten plötzlich Angst, die Sache könnte doch irgendwie auffliegen, und Du würdest uns bis in alle Ewigkeit verdammen.

Doch schien unsere Sorge zunächst unbegründet. Wir erhielten Postkarten und Briefe von Dir. Du berichtetest minutiös von Deiner Arbeit. Nach nur sechs Wochen kannte ich mehr als zwanzig Pferde beim Namen, kannte ihre verschiedenen Eigenarten, wusste von ihren Krankheiten und Wehwehchen und ließ mich belehren, was eine Hufrolle, was Botulismus, Mondblindheit, Dämpfigkeit, Dummkoller und Rotz ist. Die Therapie versprach ein voller Erfolg zu werden. Schon beglückwünschten wir uns gegenseitig zu unserem gewagten Unternehmen.

Dann aber rief eines Tages Dr. Geerdes an. Es sei etwas schief gelaufen, druckste er. Jemand habe Dich aufgeklärt. Eine dumme Eifersuchtsgeschichte. Du seist verschwunden. Man wisse nicht, wohin Du gefahren seist. Hals über Kopf hättest Du nur das Notwendigste mitgenommen.

Zwei Wochen blieben wir ohne Nachricht. Dann erreichte mich jener Anruf aus Rom, und ich fuhr sogleich los, um Dich dort abzuholen. Ich habe Dir schon gesagt, dass ich damals voller Schuldgefühle war, und dass ich während der Fahrt an Entschuldigungsreden bastelte, die Du dann aber alle nicht hören wolltest.

Zurück aus Rom nahmst Du schon bald Dein altes Leben wieder auf. Oft brachten Dich Deine Freunde nach Hause, weil Du ihnen lästig wurdest. Sie mussten sich immerzu um Dich kümmern, weil Du kein Maß kanntest. Zwar arbeiteten auch Deine Freunde erfolgreich an ihrer Drogenkarriere, doch behielten sie dabei soviel Restverstand, dass sie den Nachhauseweg noch einigermaßen mühelos bewerkstelligen konnten oder zumindest fähig blieben, ihre Diskothekenrechnung zu bezahlen. Jedem, der Dich nach Hause brachte, musste ich hingegen meistens noch irgendwelche Auslagen erstatten, die Du ihm verursacht hattest. Stell Dir vor, einmal sagte mir einer Deiner Freunde – ich glaube, es war der, den ihr Skletti nanntet – ich sollte Dir raten, Dich mehr unter Kontrolle zu halten, ansonsten würdest Du eines Tages noch unter die Räder kommen. Ein wirklich erstaunlicher Ratschlag von jemandem, der mich aus kleinen roten Augen ansah, als ob eine Albinomaus hinter seiner Stirn wohnte, die nur mal eben durch die Augenfenster nach dem Rechten sah, und der bei dem Versuch, strammen Schritts den Vorgarten zu verlassen, gegen das geschlossene Tor lief und kopfüber auf der Straße landete.

Bis heute ist es mir ein Rätsel, wie Du allein aus diesem Sumpf wieder herausgekommen bist. Wie brachtest Du es nur fertig, Dich münchhausengleich am eigenen Schopf in die Höhe zu ziehen? Margret und ich haben uns zumindest nie eingebildet, dass wir Dir dabei behilflich waren.

Alles fing damit an, dass Du an einem Nachmittag Möbelstücke hin und her rücktest. Als ich nachsehen kam, hattest Du Deine gesamte Zimmereinrichtung auf den Balkon gestellt und Dir aus dem Baumarkt einen

Eimer weißer Farbe besorgt. Du warst gerade damit beschäftigt, aus einer Zeitung zwei kunstvolle Papierhüte zu falten.

Wer hilft Dir? fragte ich neugierig, weil ich mir nicht vorstellen konnte, dass einer Deiner Freunde mit einem so lächerlichen Hut auf dem Kopf hier den Pinsel schwingen würde. Deine Antwort bestand nur darin, dass Du mir den Hut aufsetztest, und sagtest: Wir müssen uns beeilen. Es sieht nach Regen aus. Dabei zeigtest Du auf den Balkon, wo deine Matratze samt Bettzeug sowie Deine Möbel im Freien standen.

Also strichen wir die braungelben Tapeten in ein mattes Weiß. Und als wir damit fertig waren, durfte nur noch jedes dritte Möbelstück zurück an seinen Ort. Der Rest wurde als sperrmüllreif bezeichnet. Blaue Säcke wurden herangeschafft, und Du begannst tatsächlich, all die Dinge, die Du in Dritte-Welt-Läden und anderswo erstanden hattest, da hinein zu stopfen. Ich ließ mir nichts von meiner Überraschung anmerken, ging aber mehr als hilfreich zur Hand. Und so entsorgten wir kleine Gebetsteppiche, mehrere Paar Bastsandalen, ungeöffnete Räucherstäbchenpakete, Holzschächtelchen, in denen unechter Silberschmuck rostete, Henna-Haarshampoo, Schwingpendel, Runensteine, chinesische Strohmatten, die mit Vögeln und Kirschbaumzweigen bemalt waren, rote und blaue Glühbirnen, Teereste in den verschiedensten Geschmacksnuancen, die beiden Natojacken Hodginson und Cray, jede Menge Einwegfeuerzeuge und leere Päckchen Zigarettenpapier, Tabakbeutel, in denen sich nur noch trockene Krümel und angeschimmelte Apfelstückchen fanden, die deinem Glauben nach dieses Eintrocknen hätten verhindern sollen, auf Bierdeckel festgewachste Kerzen, mehrere Jahrgänge der Zeitschrift Mad, Salvador Dalis *Konstruktion aus weichen Bohnen*, speckige Lederbändchen und bleifarbene Ohrringe, entwertete Rockkonzertkarten, Einzelsocken ohne Gegenstück, eine zerbrochene Wasserpfeife, ein geschnürtes Bündel Glückwunschkarten zur Ersten Heiligen Kommunion – in einem der Briefe befand sich noch ein Fünfzigmarkschein, der unentdeckt die Jahre überdauert hatte – und jede Menge anderer Dinge, an die ich mich heute nicht mehr erinnern kann. Als wir Deine Matratze zurück in Dein Zimmer brachten, wussten wir plötzlich nicht mehr wohin mit ihr.

Eigentlich, sagtest Du, hätte ich ganz gern mal ein richtiges Bett. – Ich erinnerte Dich daran, dass Du ein richtiges Bett besessen, es aber irgendwann an die Straße gestellt hattest, da auf einer Matratze in der Zimmerecke zu schlafen, Deinem neuen Lebensgefühl mehr entgegengekommen war. Aber Du beharrtest auf Deinem Wunsch. Also kauften wir ein Bett. Und weil wir schon einmal dabei waren, erstanden wir auch einen Spiegel, von dem ich glaubte, ihn in dieser Größe bislang nur in Reithallen gesehen zu haben.

Margret nähte Dir bald darauf und unter Deiner Regie Vorhänge. Dunkelrote, pompöse Ungetüme, die bis auf den Boden hinabreichten und selbst für meinen altmodischen Geschmack etwas zu empirehaft wirkten.

Eines Tages dann wurde ein neuer, gigantischer Schminkkoffer erstanden, der mich zunächst vermuten ließ, Du beabsichtigtest von nun an jeden Tag eine Ganzkörperbemalung.

Ich kann mich nicht erinnern, wie viele Wochen Deine

Metamorphose in Anspruch nahm. Im Nachhinein will es mir vorkommen, als ob sie sich innerhalb weniger Stunden vollzogen hätte. Jahre später noch hieß es zwischen Margret und mir oft: Weißt Du noch, als Janine plötzlich den Dreh bekam? Dieser *Dreh* muss einen so starken Eindruck auf uns hinterlassen haben, dass wir ihn in der Erinnerung immer mehr zu einer plötzlich eingetretenen Veränderung verdichteten, und ihn uns nicht mehr als lange zähe Entwicklung vorstellen konnten, die unter Deiner erstarrten Oberfläche doch zweifellos vonstattengegangen sein musste. Denn die kleine unscheinbare Raupe, die in ihrer Kindheit mit jeder Häutung eine andere, stets überraschende Färbung und Zeichnung angenommen hatte, um sich eines Tages in eine schwarz-violette Puppe zu verwandeln, welche sich mit einem dichten, undurchdringlichen Gespinst umgab, trat in ihre dritte Lebensstufe ein. Das Gespinst riss auf und ein kleines Nachtpfauenauge schälte sich aus der Puppe, das einen aus geschminkten Augen voller Unschuld ansah und dabei einen betörenden Duft verströmte.

Die Ursachen Deiner Verwandlung liegen für mich nach wie vor im Dunkeln. Ob in Dir eine evolutionäre Zwangsläufigkeit waltete, ein genetisches Programm durchgespielt wurde, in dem Deine Veränderung vorgegeben war, wage ich stark zu bezweifeln. Den Anlass Deiner Verwandlung aber bekam ich bald schon zu Gesicht. Er hieß Martin und studierte im sechsten Semester Sportwissenschaft.

Von nun an führtest Du Dein eigenes Leben, worüber mir keine Spekulation mehr zusteht. Denn seitdem Du von zuhause fortgezogen bist, sehen wir uns nur noch

155

selten. Deine beiden Kinder, Tobias und Anna, sind mir fremd. Aber ich werfe Dir nicht vor, mich nach Margrets Tod zu selten besucht zu haben. Ich werfe vielmehr mir selbst vor, Deinen heutigen Problemen nie die nötige Aufmerksamkeit geschenkt zu haben. Allein die kleine Wohnung, in der ihr aufgrund eures geringen Einkommens schon solange auszuhalten gezwungen seid! Vor nicht langer Zeit sagtest Du mir einmal, dass es zwischen Martin und Dir beständig Reibereien gebe. Nirgendwo in der Wohnung hätte man seine Ruhe, und die Kinder raubten Dir manchmal den letzten Nerv. Ich hätte eigentlich wissen müssen, was es bedeutet, auf so engem Raum zusammenleben zu müssen. Damals im Bergischen bin ich schließlich selbst aus einer solchen Enge geflohen. Aber stattdessen habe ich Dich nur mit Phrasen abgespeist. Es käme schon alles wieder ins Lot. Wenn die Kinder erst einmal größer wären ...

Erst jetzt, wo ich seit Wochen in einem winzigen Gästezimmer untergebracht bin und doch nicht das Gefühl habe, etwas Wesentliches zu vermissen, kommt mir der Gedanke, wie unsinnig es ist, dass ich allein in einem großen Haus mit Garten wohne, während Du mit Deiner Familie in einer kleinen Mietwohnung ohne Balkon lebst. Ich habe daher einiges in die Wege geleitet, um diesen Zustand zu beenden. Ich war kurzgesagt bei einem Notar und habe Dir das Haus überschrieben. Du wirst in den nächsten Tagen über alles genauestens informiert werden. Ich weiß, Du wirst Dich dagegen sträuben, aber meine Entscheidung ist unwiderruflich. Du kannst von nun an jederzeit mit Martin und den Kindern einziehen. Was ihr nicht gebrauchen könnt, das lässt sich vielleicht verkaufen oder verschenken. Nehmt keine Rücksicht auf mich. Ich hänge nicht an irgendwelchen Dingen. Zumindest bemühe ich mich, es nicht zu tun. Ich überlasse es Dir, was Du mit der Einrichtung machst. Ich bitte Dich nur, Dein ehemaliges Kinderzimmer so zu lassen wie es ist. Sollte ich euch einmal besuchen kommen, möchte ich dort eine Zeitlang wohnen. Ich wäre Dir übrigens auch dankbar, wenn Du Dich um Margrets Sachen kümmern könntest. Ich habe es in den vergangenen zwei Jahren nicht fertiggebracht, sie zu entsorgen. Entferne bitte auch das Ehebett. Zwei Jahre lang habe ich dort neben einem Berg aus Federn geschlafen, habe mit ihm vor dem Einschlafen gesprochen, ihm einen Guten Morgen gewünscht und ihm alle paar Wochen einen neuen Überzug verpasst.

Auch den Garten kannst Du nach Herzenslust ver-ändern. Ich weiß, Du magst die vielen Ziersträucher und Blumen nicht besonders. Pflanze an, was Du für richtig hältst. Kartoffeln, Möhren, Salat und Tomaten. Vielleicht legst Du sogar auch wieder ein Kräuterbeet an, so wie es Deine Mutter Jahr um Jahr getan hat.

In den nächsten Tagen werde ich einen größeren Geldbetrag auf Dein Konto überweisen, der ist für Renovierungsarbeiten bestimmt. Mag sein, dass sich im Erdgeschoß ein Durchbruch vom Wohnzimmer zu meinem Arbeitszimmer anbieten würde, dann hättet ihr unten einen großen Raum mit Terrasse, wo ihr euch tagsüber aufhalten könntet. Aber das alles will ich Dir und Martin überlassen. Zu lange hat dieses Haus sich schon nicht mehr verändert, hat es dagestanden wie ein verwaistes Puppenhaus.

Janine, schon wieder bricht langsam der Tag an und

schon wieder falte ich die Blätter der Nacht und stecke sie in einen Briefumschlag. Und doch frage ich mich, was ich Dir noch erzählen soll, denn es liegen noch so viele weiße Blätter vor mir auf dem Tisch, die mich alle mahnend anblicken, als ob sie noch so viel zu sagen hätten, wenn man sie nur ließe. Du wirst zu Recht beklagen, dass ich bislang so wenig von Margret erzählt habe. Aber die Wahrheit ist, dass ich die ganze Zeit eigentlich nichts anderes getan habe, als von ihr zu erzählen. In jedem Satz, der sie verschweigt, ist sie ganz und gar anwesend, weil doch ohne ihren Tod nicht ein einziger Satz geschrieben worden wäre. Von Margret unmittelbar zu erzählen fällt mir aber unendlich schwer, weil die einfachsten Sätze, in denen sie auftaucht, mich sogleich meine Selbstbeherrschung verlieren lassen. Ich kann nicht schreiben: Margret kam aus dem Garten. Margret goss die Blumen. Margret trug ihr blaues Kleid, ohne dass ich einen Schmerz empfinde, der mich sogleich wieder sprachlos werden lässt. Vielleicht kannst nur Du das verstehen, haben wir beide uns doch immer schon schwer damit getan, die Dinge beim Namen zu nennen. Und war nicht bei uns der Tonfall, in dem wir zueinander sprachen, oft von größerer Bedeutung als das, was wir uns in diesem Tonfall zu sagen versuchten? Und so ist es wohl auch diesmal. Ich erwarte nicht, dass Du meine Briefe Wort für Wort verstehst und schon gar nicht, dass Du sie gutheißen wirst. Nein, ich bin mir sogar sicher, hättest Du die Möglichkeit zum Widerspruch, Du würdest sie reichlich nutzen. Aus Deiner Sicht war selbstverständlich alles anders. Das wissen wir beide. Aber Deine Geschichte kann ich nicht erzählen. Die bleibt nur Dir vorbehalten. Denn die Wahr-

heit, so hast Du selbst erkannt, ist keine kalte Messingeule, die man für jedermann sichtbar auf sein Bücherregal stellen kann. Sie entsteht erst, wenn sich aus der
verpuppten Erinnerung der Wortfalter schält. Aber ich
bin noch lange nicht soweit, meine, Deine oder Margrets Wahrheit auszusprechen. Alles ist noch Versuch.
Und alles will wieder versucht werden. Was ich in den
Briefen an Dich nicht erreichen kann, erreiche ich vielleicht anderswo. Die Wahrheit hat zwei messingfarbene
Zeichnungen auf ihren Flügeln. An denen kann man sie
erkennen. Aber diese Zeichnungen sind nichts Wirk-
liches, sie sind nur schöner Schein, und was sie
erkennen lassen, das kommt nur zustande durch das,
was sie verschweigen. Die Wahrheit ist der Nachtfalter,
den man nur durch Zufall am Tage zu Gesicht bekommt,
aber dieser Zufall lässt sich hervorrufen. Die Wahrheit
durchläuft viele Wachstumsstadien, deshalb trifft sie der
eine in einem verschlossenen Ei an, der andere nur
wenn sie auf dem Bauch kriechend nach Nahrung sucht
und wieder ein anderer als scheinbar leblose Puppe.
Und nur ganz wenige haben das Glück, sie im freien
Flug erkennen zu dürfen, oder, wenn sie traumver-
sunken in sich selbst auf die Nacht wartet. Die Wahrheit
ist aber weder das eine noch das andere. Sie ist das
Ganze, das sich Dir ein Leben lang nicht offenbart. Aber
glaube mir, Janine, eine Ahnung von diesem Ganzen zu
bekommen, ist schon viel mehr, als man in diesem
Leben erwarten darf.

8 Zünsler

Der Samstag hatte begonnen, wie jeder Samstag bei uns begann. Ich war um sieben Uhr aufgestanden, Margret um halb acht Uhr. Wir hatten gefrühstückt, in der Zeitung gelesen, und anschließend ist jeder seiner Beschäftigung nachgegangen. Ich war draußen und habe Pflaumen gepflückt. Margret war in der Stadt, im Supermarkt und beim Bäcker. Dann hat sie das Mittagessen gekocht. Sie rief mich um halb zwölf Uhr ins Haus, und ich weiß noch, dass ich froh war, von meiner Arbeit befreit zu werden, denn ich hatte mir durch die für mich ungewohnte Arbeit Schultern, Rücken und Nacken verspannt.

Wir aßen, und Margret erzählte, dass sie in der Stadt eine unserer Bekannten getroffen hatte, deren Mann schon seit einer Woche auf der Intensivstation lag, nachdem er an der Lunge operiert worden war. Ich reagierte darauf etwas mürrisch, weil ich solche Geschichten nicht gern höre. In meinem Alter ist es fast an der Tagesordnung, dass irgendein Freund, Bekannter, Nachbar oder Verwandter ins Krankenhaus eingeliefert wird oder gar Schlimmeres geschieht. Bei den Beerdigungen, an denen ich in den letzten zehn Jahren teilgenommen habe, beschlich mich von mal zu mal mehr das Gefühl, dass ich der meinen immer näher kam. Wielange noch, fragte ich mich oft, wird der Tod sich noch mit denen begnügen, die dir nahestehen, und wann endlich wird er auf dich selbst zurückgreifen? Mir ist es daher lieb, so wenig wie möglich mit den Krankengeschichten meiner Bekannten konfrontiert zu werden.

Margret war da, wie Du weißt, ganz anders. Bei ihr liefen täglich die Meldungen über den Gesundheitszustand all unserer Freunde und Bekannten ein, ähnlich wie Agenturmeldungen im Chefbüro einer großen Zeitung. Manchmal hatte ich sogar das Gefühl, als ob sie einen siebten Sinn dafür besäße, ob sich etwas zum Schlechten oder Guten entwickelte. Man suchte bei ihr Rat, und sie spendete Trost, wo immer er gebraucht wurde.

Auch an diesem Tag wollte Margret wieder einen ihrer Krankenbesuche abhalten. Sie bat mich, sie mit dem Auto in den nächsten Vorort zu fahren, zu der alten Frau Nolten, die schon seit vielen Jahren das Bett nicht mehr verlassen kann und nur unzureichend von ihrem Mann und einer Pflegeschwester versorgt wird. Doch ich lehnte ab, weil ich angeblich noch soviel Arbeit im Garten hatte, in Wahrheit jedoch nur der Gefahr entgehen wollte, von Herrn Nolten auf einen Kaffee eingeladen und in ein langweiliges Gespräch über Fortschritte in der Automobilindustrie verwickelt zu werden, denn Herr Nolten war Automechaniker und führte ein kleines Autohaus in zweiter Generation.

So schob Margret nach dem Essen ihr Rad aus der Garage, klemmte ihren leeren Korb auf den Gepäckträger, weil sie auf dem Rückweg noch Feldblumen pflücken wollte, und fuhr los. Mit schlechtem Gewissen bot ich ihr nun doch an, sie zu fahren, aber sie rief nur: Lass nur, die frische Luft wird mir guttun.

Ich gab ihr noch den floskelhaften Rat, auf den Verkehr achtzugeben, und sie sagte: Mach dir keine Sorgen!

Bei den Holunderbäumen nahm sie die Abkürzung

164

durchs Feld und erschien wenig später auf dem Hügel-
rücken oberhalb der Maisfelder. Bis in die nächste Ort-
schaft sind es gut acht Kilometer, und ich dachte mir,
dass Margret mächtig ins Schwitzen käme, wenn sie
das vorgelegte Tempo beibehielte, denn es war schwülwarm und für den späten Abend waren Gewitter
angesagt. Doch bis dahin wollte Margret längst wieder
zuhause sein.

Als ich sie aus den Augen verloren hatte, holte ich
den Häcksler aus der Garage, um die Peitschentriebe
des Kirschbaums zu schreddern, die ich im Frühjahr
geschnitten hatte und die seitdem gebündelt neben dem
Komposthaufen standen, als ob römische Liktoren dort
ihr Bündelchen abgesetzt hätten.

Häckseln ist eine extrem laute Beschäftigung, die mir
nicht sehr viel Freude macht. Es knackt und kracht
fürchterlich, wenn die rotierenden Messer die Zweige
durchschlagen. Oft sind die jungen Triebe jedoch so
elastisch, dass sie sich um die Schlagmesser winden
und die ganze Maschine zum Stillstand bringen. Der
Häcksler heult dann auf wie ein überhitztes Auto, und
man muss ihn öffnen und säubern, was mühselig und
zeitraubend ist. Wenn ich Heckenrosen zerkleinere,
muss ich besonders vorsichtig sein. Ich schiebe dann
die dornigen Zweige tiefer und tiefer in den langen Ein-
füllstutzen, bis sie vom Messer erfasst werden. Dann
muss ich sie sehr stark festhalten, damit sie mir nicht
aus den Händen gleiten und bei ihrer Einfahrt ins rotie-
rende Messer nicht wie Peitschen wild um sich zu
schlagen beginnen, so dass die spitzen Dornen mir die
Arme zerkratzen.

Nicht selten fließt bei solchen Arbeiten Blut. Einmal

sogar schlug mir ein Dornenzweig gezielt die Brille von der Nase und kratzte mich leicht auf dem Augenlid. Man braucht viel Geduld, bis endlich ein kleines Häufchen stark duftender Späne vor einem liegt, das man dann auf den Kompost werfen kann. Aber alles in allem ist der Häcksler eine Maschine, die nur den Frieden eines jeden Gartens stört, und manchmal frage ich mich, ob man so ein Ungetüm eigentlich wirklich braucht, oder ob hier nicht mit einem riesigen Energieaufwand eine Arbeit verrichtet wird, die die Natur auch ganz allein verrichten würde, wenn man ihr nur genügend Zeit ließe.

Als ich mit der Arbeit fertig war, ging ich ins Haus und genehmigte mir eine Flasche Bier, legte die Füße hoch und las ein wenig. Nichts Besonderes, nur die kostenlosen Wochenblätter, mit denen einem hier mehrmals in der Woche der Briefkasten angefüllt wird, und die doch zu sechzig Prozent nur Reklame enthalten und in den verbleibenden vierzig Prozent den unsäglichsten Stumpfsinn verbreiten. Auch hier dasselbe Prinzip wie beim Häcksler. Mit viel Energieaufwand wird ein Haufen Datenmaterial geschreddert, das einmal kurz sensationell duften darf, bevor es ins Altpapier geht. Wie immer ärgerte ich mich anschließend darüber, fast dreißig Minuten Zeit vergeudet zu haben, um dabei so müde zu werden, dass der Schlaf ein leichtes Spiel mit mir hatte.

Ich muss so eine halbe Stunde geschlafen haben, als das Telefon klingelte. Vielleicht erinnerst Du Dich noch, denn Du warst am anderen Ende der Leitung. Du wolltest Deine Mutter sprechen, und ich brauchte ein wenig Zeit, um Dich davon zu überzeugen, dass Du auch mich bezüglich des Babysittens fragen konntest, ohne damit rechnen zu müssen, eine Absage zu erhalten. Wir verabredeten uns für den Abend und legten auf.

Mittlerweile muss es so fünf Uhr gewesen sein. Ich ging aus Langeweile nach oben und hielt vom Balkon Ausschau nach Margret. Aber oberhalb des Maisfeldes war sie noch nicht zu sehen, und ein Blick zum Himmel sagte mir, dass mit dem angekündigten Gewitter vorläufig nicht zu rechnen war.

Ich ging erneut hinaus, um vor der Garage zu fegen, wo noch Reste der Häckselarbeit in der Einfahrt lagen. Gegen halb sechs Uhr flog der Rettungshubschrauber dicht über unserem Haus Richtung Bundesstraße, wie er das oft zu tun pflegt. Ich wässerte gerade die Rosen an der Gartenmauer. Kurz darauf, ich war gerade dabei, ein paar vertrocknete Rosenblätter zu zupfen, kam der Hubschrauber bereits im Tiefflug zurück.

Um Viertel nach sechs Uhr war Margret immer noch nicht zuhause. Das war mehr als untypisch für sie, und ich lief ein paarmal die Treppe hinauf, um vom Balkon Ausschau nach ihr zu halten, doch die Straße oberhalb des Maisfeldes blieb leer. Ich begann, das Abendessen vorzubereiten, stellte Käse und Schinken auf den Tisch, kochte zwei Eier, ließ das Teewasser aufsprudeln und wieder abkühlen, schnitt ein paar Tomaten in Scheiben, bestreute sie mit Salz, entnahm einige Scheiben Brot aus dem Brotkasten und ging anschließend wieder nach oben, um nachzusehen, ob Margret immer noch nicht in Sicht war. Aber die Straße am Maisfeld blieb weiterhin leer.

Ich begann, unruhig zu werden, überlegte, ob ich ihr mit dem Wagen entgegenfahren sollte, doch zögerte ich. Zwanzig weitere Minuten vergingen. Ich wollte bei

Familie Nolten anrufen, doch fand ich die Nummer nicht. Schließlich wurde ich zornig. Ich schimpfte auf Margret und stellte ein Arsenal an Vorwürfen zusammen.

Jetzt könnte sie aber wirklich mal bald von sich hören lassen, sagte ich, und: Wenigstens anrufen könnte sie. Dann versuchte ich, mich abzulenken, stellte den Fernseher an, konnte aber weder den Bildern noch dem Gerede folgen. Dann wurde ich trotzig. Ich beschloss, allein zu essen. Aber ich saß nur eine Weile vor dem gedeckten Tisch und bekam keinen Bissen hinunter. Plötzlich überfiel mich Angst. Ja, Janine, mein Zorn schlug auf einmal um in ein dumpfes Gefühl der Angst. Ich konnte nicht mehr stillsitzen. Ich sprang auf, schnappte mir mein Fahrrad und wollte Margret entgegenfahren.

Kurz darauf schon blies mir der Wind oben am Feld entgegen. Stürmisch war es geworden, und die schweren Maiskolben beugten sich auf ihren langen Stielen unter jeder Windböe tief hinab, um sogleich wieder blitzschnell emporzuschnellen. Der Wind war so kräftig, dass ich zeitweilig in den Pedalen stehen musste und daher überlegte, ob ich das Rad nicht besser schieben sollte.

Von Westen her rollte eine schwarze Regenfront heran, als ob eine dunkle Folie über den Himmel gespannt würde. Ein paarmal glaubte ich, Margret käme mir in der Ferne entgegen, aber stets waren es nur Fremde, die mit Rückenwind an mir vorbeisausten und mir dabei einen spöttischen Blick zuwarfen.

Ich quälte mich hinauf bis zur Kreisstraße, über die Margret kommen musste, aber als ich auch hier weit und breit niemanden sah, der Wind mich aber fast vom Fahrrad warf, beschloss ich, wieder nach Hause zu radeln. Vielleicht, dass Margret längst daheim war, dass sie das Rad stehengelassen hatte und mit dem Bus gefahren war. Ich wollte mich gerade abwenden, da erblickte ich mehrere symmetrische Figuren aus Kreidestrichen auf dem Straßenpflaster. Ungefähr mittig war ein gelber ovaler Kreis aufgezeichnet, der einige dunkelrote Flecken umschloss. Aus dem Kreis führten zwei parallele Linien bis zu einem Rechteck aus blauer Kreide, von dem zwei lange schwarze Bremsspuren wegführten. In diesem Rechteck ruhte eine Pfütze aus Wasser, die aber an einer Stelle über die Grenze des Rechtecks hinausgetreten war und die blauen und gelben Kreidelinien zu einem blassen Grün vermengt hatte.

Ich erkannte sofort, dass hier vor wenigen Stunden ein Unfall geschehen sein musste. Die Zeichen waren eindeutig. Aber sie gingen mich nichts an. Ich erinnerte mich auch wieder an den Hubschrauber.

Im Westen begann sich unterdessen, die dunkle Folie vom Himmel zu lösen und in breiten Bändern zu Boden zu stürzen. Ich musste mich beeilen, wenn ich nicht bis auf die Haut durchnässt werden wollte.

Doch dann sah ich es: Margrets Fahrrad. Ich erkannte es sogleich. Es lag links von mir im Straßengraben. Beide Räder waren zu Halbmonden gefaltet. Der Rahmen war in der Mitte gebrochen, und die Kette hielt die beiden Hälften nur noch lose zusammen. Eines der Pedale fehlte. Das vordere Schutzblech streckte sich mir wie eine lange Zunge aus dem Schrotthaufen entgegen. Daneben lag Margrets Weidenkorb. Aus dem

Korb ragte noch eine Margerite. Die anderen lagen überall verstreut umher und waren zum Teil von vorüberfahrenden Autos zu einem unansehnlichen Brei zerfahren worden.

Ich wusste gleich alles. In Filmen reagieren die Schauspieler in ähnlichen Situationen immer sehr extrovertiert. Sie schlagen die Hände gegen die Stirn, schreien auf, rufen, laufen hin und her, betasten alles mit den Händen, knien nieder, schütteln sich in Weinkrämpfen. Aber nichts davon geschah mir. Ich sah alles und begriff alles, und es war, als ob sich in meinem Magen die Faust eines Riesen ballte, so stark, dass sich seine Knöchel wie kleine Erhebungen unter meiner Magendecke hätten abzeichnen müssen, während mir in Wahrheit niemand auch nur die kleinste Gemütsregung ansah.

Ich schwang mich aufs Rad und fuhr zurück. Der Wind blies mich durch die Felder wie ein kleines Spielzeug aus Blech. Ich brauchte kaum in die Pedale zu treten, musste nur steuern, um nicht ins Maisfeld zu geraten, dessen Tausende von Kolben mir jetzt wie eine amorphe Menschenmenge erschien, die sich im Schmerz auf und ab zu wiegen begann. Hinter mir aber stürzte die dunkle Regenfolie immer schneller zu Boden, bis sie mich kurz vor dem Haus eingeholt hatte und eiskalt einhüllte.

Völlig durchnässt holte ich den Wagen aus der Garage. Ich stellte die Heizung auf die höchste Stufe und fuhr zur Uniklinik. Ich war mir ganz sicher, dass Margret in dem Hubschrauber gewesen sein musste.

Ich kann mich bis heute nicht an die Fahrt zur Klinik erinnern. Ich weiß nicht, welche Straßen ich gefahren bin, weiß nicht, wann ich in der Klinik ankam und wer sich dort um mich kümmerte. Ich weiß nur noch, dass irgendwann ein grüngekleideter Mann vor mir stand und auf mich einredete. Dann musste ich auf einem Stuhl vor dem Operationsraum Platz nehmen und warten. Eine Frau aus der Aufnahme des Krankenhauses setzte sich mit einem Fragebogen zu mir und wollte tausend Dinge wissen. Doch ich wusste nicht einmal mehr das Geburtsjahr von Margret, wusste gar nichts mehr, bemerkte nur, dass etwas Dunkles gewaltig in mich hineinspülte, ohne dass ich es kanalisieren konnte, so als ob ein innerer Damm in mir gebrochen wäre.

Immer wieder kam jemand und sagte, ich müsse Geduld haben, die Operation gestalte sich schwierig, und ich könne hier jetzt gar nichts tun. Mehrmals ging ich zum Telefon, rief Dich an, aber Du nahmst nicht ab. Dann ging ich wieder zum Operationsraum, lief hin und her, wie ein großes Tier in einem zu kleinen Käfig, und wartete.

Jedes Mal, wenn die Flügeltüren des OP sich öffneten, sprang ich ihnen entgegen. Aber keiner konnte mir sagen, was hinter diesen beiden Milchglasfenstern vor sich ging. Alle forderten mich nur immer wieder auf, Geduld zu haben.

Stundenlang, so schien mir, blickte ich durch ein Fenster in den Innenhof der Klinik. Unten standen große graue Müllcontainer, und gegenüber sah man geradewegs in die Zimmer einiger Patienten, die aufrecht in ihren Betten saßen und Besuch empfingen. Ich sah eine Schwester mit einem Medikamententablett. Sie erschien den ganzen langen Flur Zimmer für Zimmer im Türrahmen und verteilte Medizin für die Nacht.

Dann erwischte ich mich dabei, dass ich mit dem Fingernagel kleine Stückchen Kitt aus dem Fensterrahmen kratzte und daraus Kügelchen formte, die ich auf der Fensterbank zu einem Kreis zusammenlegte, als ob dies eine sehr ernsthafte Beschäftigung wäre.

So vergingen die Stunden, und wenn ich versuche, mich heute an irgendetwas aus dieser Zeit zu erinnern, so sind es abstruse Dinge, kleine unbedeutende Stückchen Wirklichkeit, von denen ich nicht weiß, warum ausgerechnet sie in meinem Kopf verblieben sind. So erinnere ich mich zum Beispiel deutlich an eine Stelle im Flur, wo in Form eines Halbkreises ein Stück Putz aus der Wand herausgebrochen war. Oder ich sehe wieder vor mir, wie sich auf einer der Fensterscheiben der Abdruck einer kleinen Kinderhand abzeichnet. Auch eine Zigarettenschachtel, die neben einem überfüllten Aschenbecher lag, ist mir noch gut in Erinnerung. Sie war zusammengedrückt und in sich verdreht, so als ob sie jemand auszuwringen versucht hätte. Das Belangloseste jedoch, was mir noch vor dem inneren Auge schwebt, ist ein bisschen Dreck an einer der Fußleisten, dessen krustigen Umrisse mich an die niederländische Insel Schiermonnikoog erinnerten.

Dann hieß es plötzlich, Margret sei im Aufwachraum, und es ginge ihr den Umständen entsprechend gut. Erleichterung überfiel mich, die Faust des Riesen in meinem Magen schien sich etwas zu lockern. Doch kurz darauf hieß es, ihr Zustand sei erneut bedenklich geworden, und sie befinde sich auf der Intensivstation.

Ich ging sogleich dorthin, musste aber auch hier lange warten, bevor man mich in einen blauen Anzug steckte, mir einen Papierhut überstülpte und mir einen

Mundschutz vorband. Ich musste plötzlich daran denken, wie ich eines Tages mit meinem Großvater zum ersten Mal zu den Bienen gegangen war, ins Drohnenland, und ich sah deutlich, wie der große Totenkopfschwärmer aus meiner Hand zu Boden glitt, immer und immer wieder.

Von Margret sah man nur noch das Gesicht. Es erschien mir winzig klein, weil man ihren Kopf stramm bandagiert hatte und nirgends mehr ein Haar von ihr zu sehen war. Ich setzte mich neben ihr Bett auf einen Schemel, nahm ihre Hand und blieb stumm. Eine Schwester kontrollierte die Apparate, schloss Infusionsflaschen an und forderte mich auf, mit Margret zu sprechen. Aber ich konnte nicht.

Sprechen Sie mit ihr, sagte die Schwester immer wieder. Vielleicht hört sie zu.

Aber es war mir unmöglich, auch nur ein Wort zu sagen. Sprachlos saß ich an Margrets Bett, sprachlos starrte ich in ihr Gesicht, sprachlos hielt ich ihre Hand.

Und wie ich auf ihre rote Brandnarbe sah, die ein Stückchen unter dem Verband hervorkroch, füllte sich mein ganzer Körper von den Zehen bis zum Kopf mit einem heftigen Gefühl der Schuld. Von diesem Moment an brechen alle meine Erinnerungen in winzige zusammenhangslose Bruchstücke auseinander.

Ich erinnere mich irgendwo in einer Kantine sitzend, vor mir ein paar Brote und ein lauwarmer Tee. Ich schlafe auf einer weichen Pritsche, komme aber nicht zur Ruhe, wälze mich, stehe auf und lehne mitten in der Nacht meine Stirn an ein dunkles, kühles Fenster und starre von dort stundenlang ins Nichts. Ich höre die Taktfrequenz des Infusionsautomaten, das gleichmäßige Piepen, das sich in meinem Kopf zu einer Melodie verwandelt. Ich sehe durch ein schräggestelltes Oberlicht der Krankenhaustoilette, dass draußen ein wunderschöner Spätsommerhimmel über der Stadt liegt. Ich füge mir mit einem spitzen Bleistift lauter kleine Stiche in den Oberschenkel zu, bis Margret aus dem Röntgenraum zurück ist. Ich sehe, wie zuhause die Pflanzen auf den Fensterbänken die Köpfe hängen lassen, bin aber unfähig, ihnen Wasser zu geben. Ich staple Zeitung auf Zeitung ungelesen auf dem Küchentisch. Ich stehe eine Stunde unter der Dusche und lasse das Wasser auf mich niederprasseln. Ich schrecke aus dem Schlaf und taste vorsichtig in das Bett neben mir, aber da ist alles kalt und leer.

Dann irgendwann hat sich Margrets Kreislauf stabilisiert. Sie wird auf ein Zimmer verlegt, oben zu den *Unfallfrauen*, wie die Schwester sagt, und da liegt sie mit geschlossenen Augen und spricht immer noch nicht. Nur manchmal reißt sie die Augen auf, starrt mich an wie einen Fremden und schläft sofort wieder ein.

Und Du und ich wir kaufen ihr Blumen, die sie nicht sieht. Und Spätsommerwespen klopfen gegen die geschlossenen Fensterscheiben, und am Nachmittag wandert stets ein rechteckiger Sonnenfleck durchs Zimmer. Am Fußende des Bettes beginnt er seine Reise, klettert von dort auf das graue Linoleum und kriecht, indem er sich auszubreiten beginnt, bis zur weißen Schrankwand, wo er langsam aufwärtssteigt und wieder an Länge verliert, um dann auf dreiviertel Höhe sachte zu verlöschen.

Und die Schwestern kommen und gehen. Und wir

müssen auf dem Flur warten, bis das Bett gemacht ist, bis Margret gewaschen ist, bis sie ihre Spritzen bekommen hat, bis ihre Infusionen gewechselt sind, bis ihre Wunden versorgt sind und ihr Kopfverband erneuert worden ist.

Und kommen wir zurück ins Zimmer, sind alle Spuren unseres Besuchs getilgt. Und wir müssen ganz von vorn beginnen, Zeichen zu setzen, die von unserer Anwesenheit künden.

Und dann ist da der Abend, wo eine Kerze neben Margret brennt. Neben der Kerze liegt eine kleine Broschüre mit Bibelsprüchen. Ich werde zornig und zerreiße das Heftchen in winzige Fetzen, die ich in die Luft werfe, so dass sie zu Boden schneien. Dann versuche ich, ein Fenster zu öffnen, aber die Fenster sind alle wie zugenagelt. Ich wende Gewalt an und schließlich kracht es laut, und das Fenster springt aus seiner Arretierung.

Luft, sage ich zu Margret. Du brauchst Luft.

Ich öffne das Fenster, so weit es geht, und bei Kerzenschein warten wir auf die Dunkelheit. Eine Amsel singt draußen in einer der alten Platanen, die vor dem Hauptportal der Klinik stehen. Erst später fällt mir ein, dass überhaupt nicht mehr die Zeit ist für Amselgesang.

Irgendwann kommt ein kleiner Nachtfalter in das Zimmer, wirbelt wie verrückt um die Kerzenflamme, wirft flattrige Schatten über die Wände, klopft gegen die Schranktüren. Zwei-, dreimal versuche ich, ihn mit der Hand im Flug zu erwischen, aber er lässt sich nicht fangen. Er taumelt durch den Raum, immer hin- und hergerissen zwischen der flackernden Kerzenflamme und Margrets leuchtend weißem Kopfverband.

Ich glaube zu hören, wie Margret schwer zu atmen

beginnt. Liegt nicht sogar ein Zittern auf ihren Lippen? Und spricht da nicht jemand? Leise, fast unhörbar, nur ein Flüstern? Ich höre Worte, neue unbekannte Worte, die ich nicht verstehen kann. Worte mit vielen F-Lauten. Worte, als ob jemand in alten Büchern blätterte, Worte, als ob der Wind in den Bäumen rauschte.

Margret, sage ich, sprich weiter!

Sehe ich nicht jetzt sogar, wie sie im Schatten, den mein Körper wirft, ihre Lippen bewegt und die Augen öffnet? Ist da nicht ein Lächeln? Ich berühre ihre Schultern. Ihr Mund formt immer noch Worte, flattrige Laute, sirrende Laute. Aber dann landet der Falter plötzlich auf ihrem weißen Kopfverband. Schlagartig stehen ihre Lippen still. Und ihre Augen schließen sich wieder. Und da ist kein Laut mehr zu vernehmen, da ist nur noch das sprachlose Weiß des Nachtfalters, der seinen winzigen, gelb gefiederten Kopf ein paarmal nervös hin und her zucken lässt, bevor er wieder auffliegt und weiter flüstert, immer weiter flüstert. Worte, wie ich sie noch nie gehört habe. Worte, als ob jemand in alten Büchern blätterte, Worte, als ob der Wind in den Bäumen rauschte, Worte, als ob –

9 Federgeistchen

28.8.
Nein, Janine, ich werde Dir meine Adresse nicht verraten. Ich könnte es auch gar nicht mehr, selbst wenn ich es wollte. Denn heute habe ich meinen festen Wohnsitz endgültig aufgegeben. Ich bin Richtung Süden unterwegs. Von nun an will ich mich kürzer fassen. Nur Karten will ich Dir noch schreiben. Aber bemühe Dich nicht, die Briefmarkenstempel zu entziffern, denn ich bin immer schon weiter, als die Entwertungszeichen behaupten.

29.8.
Mir ist ein Hund zugelaufen. Ein kleiner struppiger Mischling. Er ist kohlrabenschwarz, als ob er geradewegs aus der Hölle käme.

30.8. morgens
Die ersten Schritte setzt man immer auf die Oberfläche der Zeit, deshalb sind sie so schwierig und werden von lauter Zweifeln begleitet. Dann aber, wenn man Glück hat, bricht man durch in die Tiefe, wo man immer schon war und immer sein wird, und wo es keine Zeit gibt. Nur irgendetwas hindert einen stets daran, dort zu bleiben. Kaum begreift man, steht man auch schon wieder obenauf und zweifelt. Über den Durchbruch kann man nicht verfügen, er ist Gunst oder Gnade oder was auch immer. Und selbst dem, der jetzt die nächsten Schritte hoffnungsvoller tut, bleibt vielleicht die Tiefe der Zeit für Jahre und länger verschlossen.

30.8. nachmittags

Der Durchbruch kommt immer plötzlich, und man weiß nie, was ihn verursacht. Oft ist sein Anlass eine Banalität. Abendlicht auf einer Hausfassade, ein Hinterhof mit rostigen Teppichstangen, ein blühender Kirschbaum im Regen; aber viel öfter noch liegt die Ursache in einem unerklärlichen Duft und noch häufiger in Worten, die man still vor sich hinsagt.

30.8. abends

In der Tiefe, dort, wo es nichts Vergängliches gibt, ist sie immer noch bei mir. Aber auf der Oberfläche der Zeit gehen wir längst getrennte Wege.

1.9.

Sie steht immer noch da mit hängendem Kopf, als ob der Schlag ins Gesicht ihr nichts ausgemacht hätte.

Bist du noch zu retten, sagt Margret und reißt mich an den Schultern zurück.

Sag was! schreie ich sie an. – Sag endlich was!

Aber Janine bleibt stumm wie eine steinerne Pieta, in der sich alles erduldete Leid zu einem massiven Schweigen verdichtet hat.

2.9.

Die gefällten Buchen, hingestreckt am Rande des Weges, haben Pilze angesetzt. Weiß-rosane, beigegrüne und cremefarbene Pilze, die übereinander gestaffelt sind wie leere Muscheln, dazwischen einstichgroße rote Punkte, als ob sie von einer Injektionsnadel herrührten.

Eine Burg mitten im Grünen. Zusammengeschossen schon vor Jahrhunderten. Hier steigen noch zwei, drei Stufen in ein Brennnesselfeld, dort ranken Brombeeren in die Schießscharten. Was überdauert sind doch immer nur die Fundamente: die Verliese und Folterkeller.

Mein kleiner zotteliger Begleiter, für den ich die Verantwortung übernommen habe, scheint zu glauben, dass er sich in Wahrheit meiner angenommen hat. Jede Form von Unterwürfigkeit ist ihm völlig fremd. Ich sage: »Sitz!«, und er springt herum, als ob man ihm ein heißes Kohlebecken unter die Pfoten geschoben hätte. Ich sage: »Bei Fuß!«, und er jagt allem nach, was in der Umgebung sein Interesse erregt. Und sage ich: »Gib Laut!«, legt er sich schmollend auf den Bauch und gibt keinen Ton mehr von sich.

Ich habe ein Halsband gekauft, das lege ich ihm an, wenn wir in die Nähe eines Dorfes oder einer kleinen Stadt kommen. Aber kaum habe ich ihn an der Leine, spielt er erst recht verrückt. Ich will nach links, er zieht mich nach rechts. Ich gehe rechts an einer Laterne vorbei, er links. Manchmal denke ich, ich hätte mir diese Verantwortung besser nicht aufgeladen, und ich beneide zuweilen die Zeitungsleser, die still auf Parkbänken im Sonnenlicht sitzen und ihre Ruhe genießen.

Felskuppen sind stets mit eingemeißelten Namen übersät, aber nie sah ich jemanden, der meißelte.

Zwischen den Fingern eine schwarze Wachholderbeere zerreiben oder am Bahndamm die vertrockneten Blüten vom Beifuß. Jeder Duft ruft Erinnerungen wach, aber sie auszusprechen ist ein langer mühseliger Prozess. Flüssige Sprachmassen, die sich sogleich in die hohlen Formen der Redensarten ergießen und dort erkalten, wenn man sie nicht warm zu halten versteht, so lange, bis sie sich selbst eine Gestalt verliehen haben.

Es ist spät in der Nacht. Plötzlich hören wir Geräusche unten an der Haustür. Margret sitzt aufrecht im Bett.

Da ist jemand, flüstert sie.

Ich stehe auf, ziehe mir den Morgenmantel über und will nachsehen.

Sei vorsichtig, sagt Margret.

Jaja, sage ich unwirsch, weil ich noch im Halbschlaf bin, und denke gleichzeitig: Diese Stümper können nicht einmal mehr richtig einbrechen.

Als ich die Treppe hinabsteige, geht im Flur gerade die Haustür auf. Ich zögere einen Moment, aber dann erkenne ich, dass es Janine ist. Einer ihrer Freunde ist bei ihr. Es ist der, den sie Skletti nennen, weil man aufgrund seines mangelnden Unterhautfettgewebes durch seine dünne Haut jeden seiner Knochen zählen kann.

Skletti hat Janine fest untergehakt und führt sie in den Flur. Janine kann kaum auf ihren eigenen Beinen stehen. Ich mache Licht, und die beiden sehen mich an wie zwei Murmeltiere, die durch den Strahl einer Taschenlampe in ihrem Winterschlaf gestört worden sind.

Was ist denn hier los? sage ich und gehe den beiden entgegen.

Janine geht's nicht gut, sagt der Knochenmann. Hat sich total die Birne vollgekifft und zu viele Trips geschmissen. Muss mal ein paar Tage ausspannen.

So, sage ich, hat sich total – bringe es aber dann doch nicht fertig, Sklettis Jargon vollständig zu adaptieren.

Wo kann ich sie ablegen? fragt er, als ob er von einer Möbelspedition wäre und mir den bestellten Teppich bringen wollte. Ich deute stumm auf die Wohnzimmercouch. Er schleift Janine bis zur Couch und lässt sie dort in die Polster fallen, hebt ihre Beine an und wirft ihr eine Decke über.

Das war's, sagt er, streicht sich die langen Haare hinters Ohr und geht zur Haustür. Ich berühre ihn an der Schulter, will ihn aufhalten und zur Rede stellen, aber er winkt nur ab und sagt:

Ist schon gut, diesmal war's umsonst. Ich war ihr noch einen Gefallen schuldig.

Ehe ich begreife, ist er schon verschwunden, und draußen heult der Motor eines VW-Käfers auf.

Ich gehe ins Wohnzimmer. Janine liegt da und starrt die Decke an. Ihre Augen sind milchig trübe und quellen hervor wie bei einer gedünsteten Forelle.

Und? frage ich, doch sie sagt nichts.

Ich gieße mir hastig einen Cognac ein und marschiere damit auf und ab durch das Zimmer. Meine Wut ist grenzenlos. Ich beginne, mir Sätze zurechtzulegen für eine Anklage mit Tiefgang, eine, die wehtun soll. Aber Janine sieht mich nicht an und sagt auch weiterhin kein Wort. Also spreche ich nach innen. Ich bin wie ein

Staatsanwalt, der auf das Zeichen zu seinem vernichtenden Plädoyer wartet. Aber das Zeichen bleibt aus. Ich schmiede mir Sätze von schneidiger Schärfe, doch da ich sie alle ungesagt herunterschlucken muss, ist es mir, als ob sie mir den Magen in kleine Stückchen zerschlitzen. Krampfhaft halte ich mich an dem Cognacglas fest, das zu zersplittern droht. Dann kommt Margret die Treppe herab.

Was macht ihr hier? flüstert sie in die gespannte Stille hinein.

Ich sehe sie an und sage nur zwei Worte, die aber weil mit vermeintlichem Sinn bis zum Zerbersten vollgestopft, so laut, dass mir dabei der Cognac aus dem Glas schwappt und auf meine nackten Füße spritzt.

D–e–i–n–e T–o–c–h–t–e–r, brülle ich.

Margret kommt ins Wohnzimmer, geht auf Janine zu, kniet sich vor die Couch und streichelt Janines Stirn.

Janine, Liebling, flüstert sie. – Sei ganz ruhig, alles wird gut.

Und als ich sehe, dass aus Janines Forellenaugen dicke, klare Tränen rollen, geht das Heer meiner martialischen Sätze in die Knie und senkt schamhaft das kriegerische Haupt.

8.9. morgens

Ich begreife langsam, dass der Hund die Wege weitaus besser kennt als ich. Er geleitet mich sicher voran, sobald ich ihm das Gängelband abnehme und seinen Willen nicht zu beherrschen versuche. Durch das unwegsamste Gelände findet er oft auf kürzestem Weg hindurch. Gestern hat er mich im Zwielicht so sicher durch ein Moorgebiet geführt, dass ich ihm danach das

Halsband abgenommen und für immer fortgeworfen habe.

Es scheint, dass er alle Schutzhütten und Zufluchtsstätten kennt. Naht ein Gewitter, findet er uns sogleich ein trockenes Plätzchen. Leiden wir Hunger, so führt er uns zum nächsten Dorfsupermarkt. Auch wenn dies nicht die Hölle ist, durch die wir gehen, und ich erst recht kein Dante bin, so habe ich den Hund doch aus einer Laune heraus *Vergil* genannt.

9.9.

Hast Du jemals darüber nachgedacht, Janine, dass die Zeichen, die der Buchdruckerkäfer ins Innere der Baumrinden graviert, für den Baum Tod bedeuten und für den Käfer Leben?

10.9.

Die Müdigkeit überfällt mich ganz plötzlich. An meine Augenlider scheinen, wie an alten Gardinen, Gewichte aus Blei gesäumt zu sein. Jeder Konzentrationsversuch verpufft in einer Wolke aus Assoziationen. Ich schaffe es kaum bis auf mein Zimmer, falle rücklings aufs Bett. Doch schlafe ich oft nur für wenige Sekunden ein, um anschließend stundenlang wach zu liegen. Ich höre, wie der Wind irgendwo mit einem losen Sparren spielt. Oder unten im Gasthof wird gelacht und gerufen. Ich kann mich nicht bewegen. Ich bin wie ein umgestürztes Standbild. Eine Fliege krabbelt auf meiner Stirn, aber ich vermag sie nicht zu verscheuchen. Manchmal summe ich leise vor mich hin, bis mir irgendwelche verschollenen Gedanken zurück in den Kopf kommen. Schon bald darauf aber erscheinen die Gespräche, die alten und die neuen. Sie finden in meinem Kopf statt. Sie lassen sich nicht abstellen. Ich spreche mit Margret. Es ist ein altes Gespräch, aber plötzlich nimmt es eine neue Wendung. Es ist, als ob mein Leben seine versäumten Gedanken nachholen möchte. Wie viele von ihnen sind mir nicht allein durch die Entscheidung für ein bestimmtes Wort versperrt worden? Doch meine Vorstellungen bleiben Nachstellungen; die Möglichkeiten, die sie mir jetzt entdecken, sind keine mehr. Und dies ist der wahre Grund meiner Trauer.

10.9. abends
Vergil und ich meiden mehr und mehr die geraden Pfade. Manchmal gehen wir einen halben Tag lang querfeldein. Immer und immer wieder müssen wir dabei Zäune überwinden und unseren Fuß auf fremdes Eigentum setzen. Aber was bedeutet das schon? Mittlerweile gehe ich mit eingezäunten Wiesen wie mit fremden Gedanken um, ich durchquere sie, nicht, um den Weg abzukürzen, sondern um meinen Weg zu gehen.

11.9. abends
Die Zwingburgen der Sprache müssen geschleift werden, ihre Grundmauern mahnend die Jahrhunderte überdauern.

12.9.
Abends um fünf Uhr ist das Fieber wieder da. Sie verlangt nach Decken. Ich soll die Heizung aufdrehen. Aber in ihrem Zimmer herrscht bereits eine trockene und unangenehme Wärme. Ich lege ihr kalte Waschlappen auf die Stirn. Sie beginnt zu phantasieren.

Du darfst die Tafel nicht zerbrechen, sagt sie immer wieder. Nur sauberwischen und neu beschreiben, aber nicht zerbrechen.

Dann kommt Margret und flößt ihr grüne Tropfen ein. Sie beruhigt sich ein wenig. Ich lese ihr aus *Alice im Wunderland* vor. Aber sie schläft nicht ein. Sie wälzt und dreht sich die ganze Nacht. Zweimal wechsele ich ihr feuchtes Bettzeug. Margret will mich ablösen, ich soll schlafen gehen. Aber Janines Hand ist wie ein kleiner ertrunkener Vogel, den man nicht so einfach beiseitelegt, also bleibe ich.

Draußen wird es langsam hell. Jetzt klagt sie plötzlich über Bauchschmerzen. Ich drücke ihr auf den Magen. Sie schreit.

Um fünf Uhr in der Früh rufe ich Dr. Geerdes an. Der ist nicht sehr erfreut über die Störung. Doch ich sage, entweder kommen Sie jetzt sofort, oder wir suchen uns einen anderen Hausarzt. Eine dreiviertel Stunde später ist er da. Er ist mürrisch und spricht kaum. Während er Janine untersucht, wird er aber freundlicher.

Ich bin ein Morgenmuffel, sagt er. Sie müssen entschuldigen. Es war richtig, dass sie mich gerufen haben. Es besteht der Verdacht auf Blinddarmentzündung. Janine muss dringend in ein Krankenhaus.

Einige Wochen später zeigt Janine jedem stolz ihre Narbe: Eine längliche, rötliche Erhebung, die zu den Rändern hin blasser wird und an der linken Seite eine kleine hakenartige Ausbuchtung besitzt, so wie die Insel Schiermonnikoog.

13.9. abends

Vergil war den halben Tag verschwunden. Er hatte mich in einer zerklüfteten Felslandschaft zurückgelassen, und ich ruhte stundenlang auf einem Felsen in der Sonne und blickte melancholisch zu Tal. Ich fragte mich, was nur werden sollte, und wusste mir keinen Rat. In der Abendsonne aber kam Vergil zurück. Er kläffte und winselte und zeigte mir einen Weg aus der Steinwüste heraus.

14.9. morgens

Aufwärts im Hang, und du rechnest noch, entwirfst Haushaltspläne und schwafelst vom Zinseszins. So kann es nichts werden. Du musst schon über Wurzeln stolpern, damit die Worte ihren scheinbaren Halt verlieren und ihren wahren wiederfinden.

14.9. abends

Den Wind habe ich gern. Sein Ungestüm schüttelt die alten Bäume kräftig durch. Die lassen aus ihren unerschöpflichen Manuskripten verschwenderisch einige Blätter fallen, die ich sogleich auflese.

15.9.

Sonntagnachmittagsruhe. Selbst die Tauben gurren ihr fünftöniges Feiertagsgurren. Aus dem Tal unter mir aber dringt Blasmusik herauf, umspielt meine Ohren wie ein lästiges Insekt. An der nächsten Wegbiegung hänge ich es ab. Doch oben auf dem Hügelkamm ist es plötzlich wieder da, frecher und aufdringlicher als zuvor. Sein Gesumm provoziert Worte in mir, gegen die ich mich nicht wehren kann. Wie heulende Feuerwerkskörper steigen sie mir unaufhaltsam bis unter das Schädeldach.

Es muss was Wunderbares sein ... Meide den Kummer und meide den Schmerz ... So ein Tag, so wunderschön wie heute ...

Erst auf der anderen Talseite stellt das giftige Fluginsekt seine Nachstellungen ein.

Später schlägt ein Buchfink wieder und wieder seine Strophe. In mir aber sucht seine Musik vergeblich nach Worten.

16.9.

Regen in der Nacht. Im Morgengrauen dampfen die Buchenwälder. Triefnasse Stämme wie vertikale, glänzend-schwarze Pinselstriche. Mehrmals flutet Nebel auf den Weg, rollt lautlos zwischen die Bäume, zerfasert und steigt durch die Kronen ins Unsichtbare. Losgetretener Schotter prasselt abwärts. Ästen wird krachend das Rückgrat gebrochen. Oben dann gießt sich in die von Brombeeren überwucherten Kahlschläge das Sonnenlicht. Roter Fingerhut schreit auf. Eine Königskerze erhebt ihr goldenes Zepter. Später zwischen den Fichten schlägt der Nebel noch einmal zu. Aus dem Unterholz schweigt es beängstigend. Dann verrät ein Eichelhäher meinen Weg. Der sirrende Flügelschlag von unsichtbaren Meisen. Schon dröhnt die Sonne gegen die Steilfelsen. Mit dem Morgentau steige ich unaufhaltsam aufwärts.

17.9.

Margret sucht uns, aber sie kann uns nicht finden. Sie ruft, klappert mit Türen, geht in den Keller, steigt bis hinauf unter das Dach. Doch sie findet uns nicht. Denn wir sitzen kichernd zwischen dicken Wintermänteln im Schlafzimmerschrank. Es riecht nach langen Spaziergängen, nach Heißmangel, nach Schnee, nach Kaufhaus und ein bisschen auch nach Lavendel. Wenn ich den Kopf bewege, klingeln neben mir noch einige Münzen in einer Tasche. Janines Füße drücken gegen meinen Bauch und behindern meine eh schon flache Atmung. Wenn Janine flüstert, hört es sich an, als ob sie in einem Teppich eingerollt wäre.

Dann kommt Margret ins Schlafzimmer.

Wo seid ihr? ruft sie. Und: Ich werde euch schon finden.

Wir hören, wie sie die Bettüberwürfe zurückschlägt und die Vorhänge beiseite reißt. Janines Kichern wird uns noch verraten. Ich kneife ihr in die Zehen, damit sie still ist. Doch dann ist da plötzlich ein merkwürdiges Geräusch. Ein langes Knirschen, so als ob jemand einen verrosteten Nagel aus einer alten Holzbohle zöge. Gleichzeitig habe ich das Gefühl, dass der Boden unter mir nachgibt. Ich klammere mich an einen Lodenmantel, der sich mir gerade anbietet – doch zu spät! Die gesamte Bodenplatte des Schrankes kracht eine Etage tiefer. Dummerweise lasse ich den Mantel nicht los, und so bricht die Stange, an der all die Mäntel, Kleider und Röcke hängen, mitten entzwei.

In dem Moment reißt Margret die Schranktür auf. Ein Berg aus Kleidern stürzt auf sie nieder, als ob sie von einer senkrecht gestellten Ladefläche eines Lkw hinabrutschten. Ihr einsetzender Schrei wird glücklicherweise durch einen Stoß Anzugsjacken gedämpft. Als sie sich davon befreit hat und uns inmitten der Kleider sitzen sieht, wie zwei Feldmäuse in einem Berg Kartoffelschalen, schimpft sie entsetzlich auf mich ein:

Wie kannst du dem Kind so etwas zeigen. Schau nur, der Schrank. Ihr hättet euch verletzen können oder schlimmer noch, ihr wäret alle beide jämmerlich erstickt.

Ich versuche, mich aus meiner misslichen Lage zu befreien, versuche aufzustehen, um zu einer Gegenrede anzusetzen, die von meiner Unschuld überzeugen soll, bemerke aber, dass ich mir den Rücken leicht verknackst habe und somit gezwungen bin, die Strafpredigt widerspruchslos am Boden kauernd über mich ergehen zu lassen.

Währenddessen kriecht Janine, getarnt durch einige meiner gestärkten Oberhemden, langsam aus dem Schlafzimmer heraus.

Später sammle ich meine Hemden ein. Eines liegt auf der Treppe, eines unten im Flur, eines vor Janines Zimmer. Als ich ihre Zimmertür öffne, steht Janine da mit Margrets Brille auf der Nase.

Wie kannst du nur so unvernünftig sein, sagt sie mit verstellter Stimme. Ihr hättet alle beide jämmerlich ersticken können.

Und ehe ich noch die Tür fest hinter mir verschlossen habe, brechen wir beide in lautes Gelächter aus.

18.9.

Tage, wo man nicht herauskommt aus der Zeichenwelt, scheinbare Kausalitäten konstruiert vor dem inneren Auge, das Jetzt zu einem Augenblicksglied in der Kette der Zeit wird, gewichtig, unauflösbar und starr. Zwischen den Gewohnheiten bleibt alles leer, und an den Rändern der Leere nichts als Gewohnheiten. Und auch die Zeichen eines Buches bleiben Zeichen. Lies sie ruhig immer und immer wieder. Sie gewähren dir heute keinen Aufschluss. Selbst der Fluss, in den du heute ein zweites Mal steigst, bleibt derselbe.

18.9. Nachtrag

Vergils Wege sind nach wie vor unverständlich. Er führt mich durch Fichtenschonungen und über weglose Wiesen. Er zeigt mir einen Pfad durch knietiefe Bäche und über steinige, von kleinen Eichen bewachsene Anhöhen.

Die Wege, auf die ich hingegen ab und an bestehe, sind angelegte Wanderpfade mit eindeutigen Wegbezeichnungen. Vergil hasst sie, wie er überhaupt alle Wege zu hassen scheint, die geradlinig voranführen, und auf denen schon andere vor uns gegangen sind.

Wenn mich jemand sähe, wie ich Vergil manchmal bedingungslos durchs Unterholz folge, so würde er mich sicherlich für verrückt halten. Kommt uns aber jemand auf den Wanderwegen entgegen, grüßt er artig und betrachtet uns als ein Idyll.

19.9. abends

Ende des Sommers. Schon schälen sich die Platanen. Herabgefallene Fetzen ihrer Rinden liegen wie dunkle, geplünderte Manuskriptmappen in der Allee. Ich lege eine Hand an einen ihrer glatten, schutzlosen Stämme. Meine Erinnerung aber legt sie an die Stirn eines fünfjährigen Mädchens, das den ganzen Nachmittag im Schnee gespielt hat.

20.9. morgens
Über den Feldern vor der Stadt: Wolken, Wolken, Wolken. In immer neuen, immer anderen Formen. Wolken wie die Gedanken Gottes, in denen nur noch die Kinder Gesichter, Tiere, Segelschiffe und sich selbst erkennen.

20.9. abends
Und wieder frage ich mich, wie weit ich mich Vergil überlassen kann, ohne unvernünftig zu werden. Und wie weit ich wiederum seinen Willen meinen Absichten unterwerfen darf, ohne ihn zu brechen. Was ich weiß, ist nur dies: Wir brauchen einander, und wir werden nur solange auf dem richtigen Weg bleiben, solange keiner von uns den anderen zu dominieren versucht.

21.9.
Ist es wirklich wahr? rufe ich noch einmal, und Margret nickt nur. Dann rollt das Meer wieder gegen den Inselstrand von Schiermonnikoog, spritzt gegen die Landungsbrücken, und die Möwen fliegen schreiend auf und drehen eine Runde über die spärlich mit Strandhafer bewachsenen Sanddünen.

Wir werden also eine richtige Familie? rufe ich wieder, und Margret lacht und weist mit dem Finger auf ein fernes weißes Passagierschiff am Horizont. Und während ich meine Hände um ihren Bauch lege, rollt die nächste Welle gegen den Strand. Und auf ihrem schmalen Rücken trägt sie einen langen weißen Strich aus Schaum heran, der uns knisternd über die nackten Füße läuft.

22.9. Herbstanfang

Wir passieren eine Grenze. Es ist Nacht. Niemand hält uns auf. Vergil geht zum ersten Mal nicht voran, sondern neben mir. Im schwachen Mondlicht ist zu erkennen, dass diesseits und jenseits der Grenze dieselben Bäume wachsen. Aber wir spüren beide, dass sich etwas in ihrem Duft langsam zu verändern beginnt.

1998/2018

Weitere Bücher von Ben Castelle bei tredition:

Ben Castelle: Der Blauwassertörn. *Erzählungen*

In der Titelgeschichte treffen sich die einstigen Studienfreunde Arianne und Eddy, um gemeinsam mit einem Segelboot von der türkischen Küste aus in See zu stechen. Doch aus dem geplanten Wiedersehenswochenende wird schon bald ein Alptraum, als Eddy nach durchzechter Nacht beim morgendlichen Bad im offenen Meer verschwunden ist. Bei einem Polizeiverhör erinnert sich Arianne an Eddy, der als Verlegersohn zwar rasch Karriere machte, dessen Träume aber nie erfüllt wurden, weil sie zu unbestimmt blieben und sich nur in vagen Vorstellungen von einem anderen Leben äußerten. Während die Küstenwache die Suchaktion einstellt, taucht Eddy plötzlich mit einer wundersamen Geschichte seiner Rettung wieder auf.

»In den Geschichten dieses Buches geht es um Menschen, die ihren Platz in der Gesellschaft als Zufall verstehen und ganz im Stillen noch immer auf der Suche nach ihrem eigentlichen Leben sind. Doch eines Tages müssen sie sich entscheiden, ob sie von diesem eigentlichen Leben weiterhin nur träumen wollen, oder ob sie bereit sind, sich mutig dem Neuen und Unbekannten zu stellen und damit auch einer möglichen Gefahr des Scheiterns.«

»Wer nach kurzweiligem Lesegenuss sucht, der zugleich spannend und ansprechend ist, der ist bei Ben Castelles Kurzgeschichtensammlung genau an der richtigen Adresse.« (Vienna News)

ISBN 978-3-7439-2538-0 (Paperback)

ISBN 978-3-7439-2539-7 (Hardcover)

ISBN 978-3-7439-2540-3 (e-Book)

Ben Castelle: Der Klangschreiber. *Roman*

Im Frühling 1832 reist der Berliner Erfinder Georg Friedrich Linde nach Weimar, um mit seinem Klangschreiber – einer technischen Vorrichtung zur grafischen Aufzeichnung von Schall – die Stimme Goethes für die Nachwelt zu erhalten.

Im September 2004 treffen sich fünf ehemalige Germanistikstudenten und ihre einstige Professorin, um anhand von Briefen, die Linde kurz vor seinem Tod 1858 aus dem Gefängnis schrieb, und in denen er von seiner Begegnung mit Goethe berichtet, Erkenntnisse über den Verbleib dieser Sprachaufzeichnungen zu gewinnen. Doch der verheerende Brand in der Anna Amalia Bibliothek in Weimar, in der Lindes Briefe lagern, und andere mysteriöse Ereignisse machen den Geisteswissenschaftlern langsam klar, dass sie nicht die Einzigen sind, die sich für die ersten Sprachaufzeichnungen der Menschheitsgeschichte interessieren. Auf der Suche nach Goethes Stimme verschwimmen die Grenzen zwischen Geschichte und Fiktion, Realität und Phantasie.

Ein Roman, der von der Pionierzeit der Akustikforschung und einem ihrer späten Erfolge und mehr noch von Sprache und Literatur handelt sowie von der Liebe, von der jeder der sechs Protagonisten seine eigene Geschichte zu erzählen weiß.

ISBN 978-3-7439-6581-2 (Paperback)

ISBN 978-3-7439-6582-9 (Hardcover)

ISBN 978-3-7439-6583-6 (e-Book)

Ben Castelle: Wassertal. *Roman*

Jens Born, Reporter einer großen Zeitung, kehrt nach einer längeren Auslandsreise in psychisch desolater Verfassung heim. Kaum zu Hause, erfährt er, dass er zum Erben von Haus und Besitz seiner Tante Laura Lenzen bestellt ist, einer Tante, von deren Existenz er bislang nichts gewusst hat. Der Haken: Das Haus liegt inmitten des Braunkohletagebaus vor den Toren Kölns und soll schon bald dem Schaufelradbagger weichen. Born reist daraufhin ins Tagebaugebiet, um die Formalitäten seiner Erbschaft rasch zu klären. Doch das in Auflösung befindliche Dorf und die wenigen noch in ihm verbliebenen Menschen, darunter ein Pfarrer, ein Apotheker und ein junges afrikanisches Mädchen, beginnen ihn mehr und mehr zu faszinieren, so dass er, von seinem Chefredakteur dazu ermuntert, beschließt, einige Tage in Haus und Garten seiner Tante zu verbringen, um eine Reportage über Benden und seine letzten Bewohner zu schreiben.

In Gesprächen mit dem Pfarrer des Orts erfährt Jens Born vom erstaunlichen Leben seiner Tante, einem Leben, das sich vor allem der Naturmedizin, dem naturwissenschaftlichen Zeichnen von Blütenpflanzen und dem Kampf gegen den Tagebau verschrieben hatte. Fast nebenbei wird ihm jedoch auch von ihrem mysteriösen Tod berichtet, und er findet einige Tagebücher, aus denen er mehr über die Art und Weise ihres Denkens erfährt, eines Denkens, das seinem eigenen konträr entgegengesetzt zu sein scheint. Mit journalistischem Spürsinn versucht Jens Born daraufhin, den angeblichen Unfalltod seiner Tante aufzuklären, doch je mehr er aus Laura Lenzens Leben erfährt, desto stärker imaginiert er mögliche Verdächtige, die am Tod seiner Tante die Schuld tragen könnten, bis er die vermeintlichen Tatsachen nicht mehr von seinen eigenen selbstkonstruierten Geschichten auseinanderzuhalten fähig ist.

Während er einsehen muss, dass er als Journalist zu scheitern beginnt, gerät er unbemerkt immer tiefer in seine eigene unbekannte Familiengeschichte hinein, in unerwartete Zusammenhänge, in denen sich nach und nach ein Geheimnis entdeckt, das mit seinen Eltern zu tun hat und das ihn weit zurückführt bis in die Mitte der vierziger Jahre zu den Rumäniendeutschen ins Wassertal bei Oberwischau.

(In Vorbereitung)

FSC
www.fsc.org

MIX

Papier | Fördert
gute Waldnutzung

FSC® C083411

Zeitfracht Medien GmbH
Ferdinand-Jühlke-Straße 7
99095 Erfurt, Deutschland
produktsicherheit@kolibri360.de